U0019942

九歌少兒書房

歡迎光臨
幸福小館

蔡聖華◎著　李月玲◎圖

評審委員推薦

張子樟：

　　作者利用書信方式展現情節的手法，相當成熟，文中各道菜色的安排也十分用心，色香味俱全。文中處處洋溢親情愛意，三代之間的互動仰賴第三代的細膩調理，展現了作者的白描功力，溫馨感人，給當今冷漠的社會帶來一股暖意。

馮季眉：

　　人的愛惡欲，以及對食物的態度，兩者之間似

平存在一種難以言宣的關係。這個故事，就是以一道道的食物，一步步推進情節進展。食物暗示心境，也象徵權力。中餐和西餐的對抗，一如這個瀕臨瓦解的家庭裡父母之間的對抗。把飲食與家庭衝突乃至兒童心理，結合來寫，用食物當密碼，寫人的愛與憎、快樂和悲傷，算是少年小說的新嘗試，也製造了相當多的閱讀趣味。

陳木城：

以「兒童餐廳」為主軸，融合爸媽、親子、姐妹、同學之間微妙的感情，以電郵、對話、食譜和簡單必要的敘述形式，在內容和形式表現上都深具創意，是深具藝術美感的「美食小說」。

主要人物介紹

茉 莉

　　在一次慶生會中，突發奇想，提議開一家兒童餐廳，獲得全家人一致贊同，於是開始努力蒐集食譜。

百 合

　　茉莉的姐姐。從小跟在爸爸身邊學做菜，手巧、廚藝精湛。

爸　爸

一直致力於兒童餐廳的開設，努力朝自己設定的目標前進。

媽　媽

工作負責認真，深獲上司的賞識與器重。

外公和外婆

在鄉間過著悠閒的生活，是茉莉一家人重要的精神支柱。

●目　錄 Contents

●目 錄 Contents

1.香蕉花生醬三明治

親愛的爸爸：

　　你和媽媽生下了姐姐，三年後的同一天又生下了我。冥冥之中，兩個不同年，但同月同日生的女孩來當姐妹，這種機緣巧合，令我格外珍惜。

　　每年，姐姐和我一起慶生、拍照，全家人總在餐後，依偎著歡樂的餘溫，分享著彼此成長的點點滴滴。那時候覺得，我們真的是世界上最最最幸福美滿的一家人。

　　一直以來，只要有機會上館子吃飯，餐廳都是媽媽欽點的。姐姐年年在生日時抗議，可是年年都

被媽媽說服。而你總是投「沒意見」一票，以媽媽的決定為馬首是瞻。

還記得我們是怎樣決定要開餐廳的嗎？

那天，我們吃著媽媽超喜歡的義大利焗烤，唱著Happy birthday to you。

「為什麼沒有一家兒童餐廳可以給小孩子慶生呢？」姐姐有感而發。

「就是啊！……要不……我們自己來開一家餐廳！」我接口說。

「自己開一家！」

「自己開一家？」

你和媽媽撿著我的話尾說，彼此還交換了一個眼色。眼神交會的那一剎那，事情彷彿就定案了，冥冥之中，我們會開一家餐廳，而且是「兒童餐

廳」。

之後的日子，總是過得很愜意。每天晚餐過後，我們圍著餐桌，媽當主席，大家你一句我一言，勾勒著餐廳的雛形。

週末，媽選定餐廳，上館子吃飯，看裝潢、賞佈置，能照相的照相，不能照相的就畫下來。我還記得那時你說要自己設計菜單，還嚷著要去學素描呢！

我們總是一邊品嘗餐點，一邊做筆記。筆記本裡除了記錄食材以外，還依「色、香、味」做評比，寫下我們對菜色的意見，詳細記錄優缺點和可以改進的方法，把適合兒童餐廳的餐點保留下來。一直到現在，這本密密麻麻的筆記簿，仍然是我和姐姐最愛翻看的。

就這樣，我們一家餐廳看過一家，一家餐廳吃過一家，那一整年的日子，真的很幸福，我差點兒

以為幸福會在我們家長住久居。

「努力賺錢，攢起開餐廳的資本。」這是媽常常掛在嘴邊的話，於是你們倆卯足了勁工作，我和姐姐承諾功課自理，這樣大家才能把多餘的時間和精力投注在餐廳上。對一個家庭而言，有共同努力的目標，是多麼重要的事啊！

紙上作業的完善，驅使我們開始尋找店面。

你總是在網路上瀏覽，看看有沒有適合的房子，媽呢？就周旋在房屋仲介公司之間。放假的日子，從上餐廳變成了看房子。一間看過一間。

「這個店面很不錯耶！交通便利。」媽興高采烈的說。

「可是停車不太方便。」爸說。

「那這間呢？周邊空地多，要停多少車都可以。」媽眉飛色舞的說。

「嗯！是好停車，可是偏僻了一點，客源會有問題。」爸說。

「就這間了，租金很便宜耶！」

「便宜是便宜，可是房子太老了，採光也不好，裝潢可能要花更多錢。」

「那你到底要怎麼樣嘛！這也不好那也不好……，挑剔……。公司的李副總說了，要是錢不夠，股東算他一份。」

「李副總、李副總，他知道個……，你到底跟誰看房子？」

「我啊，是跟一個事事猶豫不決的人看房子！」

唉！這樣的口角發生了好幾次，後來一提到看

房子我就有點兒害怕。當時沒有細細思量，現在回想起來，爭執好像就是從那個時候開始的，而且還紛亂了幸福的腳步。還好一棟夢中小屋及時出現，我以為從此天下太平……

那是一個開放式的社區，一幢獨棟的兩層樓洋房，門前有個小花園，房子和圍牆中間還有一塊長形空地，空地延伸到屋後。後院錯落著幾棵油桐和榕樹。房子的外牆被漆成白色，配上天藍色的窗戶，感覺像一間度假小屋。

還記得那天天氣很好，我從樹下抬頭仰望天空，金色的陽光從樹葉間灑落，一陣閃光，我以為看見了油桐的六月雪。

是了，就是這裡了，我心中暗自叫著。

姐姐從屋裡跑了出來，拉著我：「茉莉，妳來看，這裡剛好可以架一個鞦韆……」

「旁邊的空地，用木板架高起來，是戶外用餐區。還有，這些榕樹的枝幹粗大又密實，如果蓋一些樹屋，一定會是最搶手的包廂……」

天啊！姐姐真棒！妙點子不斷的從她的腦袋裡飛出來。

「我們很滿意，希望有機會承租您的房子。」

媽媽和屋主有說有笑的逛到外面來。房東有著一頭瀑布似的長髮，鼻梁上架著一副黑框方形大眼鏡，遮住了大半的臉龐。

「OK，沒問題，價錢我們再談，……」

媽媽始終緊緊握著那位小姐的手，她卻急著要走，似乎不太習慣有人一直拉著她的手。

那天晚上，我們慶祝美夢就要成真，你和媽開了紅酒，我和姐喝著香甜的葡萄汁。

「Cheers！」

爸，這些回憶真是太美好了。我還記得那天晚上的點心是香蕉花生醬三明治。

一直以為很幸福的

茉莉　敬上

MENU ＊香蕉花生醬三明治＊

◆ 材　料：香蕉、花生醬、吐司麵包
◆ 做　法：1. 香蕉去皮切成薄片。
　　　　　2. 吐司麵包抹上花生醬，把香蕉片鋪排上去，再蓋上一片吐司，對角切成三角形即可。

2. 法式沙拉麵包

親愛的爸爸：

當媽媽和房東小姐談妥租金時，我們幾乎以為兒童餐廳的開幕指日可待，於是餐具成為接下來的獵物。

我們總是一起走進百貨公司，一起上樓，可是到了民生用品的樓層，你和媽就分道揚鑣，各走各的路了。我和姐姐站在電梯口，不知道要往左還是往右？最後只好也兵分兩路，我和你一起走，姐姐陪媽逛。

媽鍾情於白瓷底，有著簡單圖案，看起來設計

感十足的西式餐具。而你呢？總是看上復古風味極重的中式餐具。

　　一下子你要我去找媽來看，一會兒媽要姐姐找你去瞧，我們成了傳訊小兵，在鍋碗瓢盆間穿梭。回家以後，你和媽老半天也說不上一句話，好不容易開口了，又是一片混亂。

　　「唉！約都還沒簽，房東就要漲價。」爸爸盯著存摺嘆氣。

　　「漲就漲啊！就說了，錢不是問題嘛！李副總可以幫忙啊！」媽一副不在乎的樣子。

　　「這個李副總也真奇怪，同事就同事，連我們的家務事，他也要湊一腳。」

　　「別這樣說嘛！除了同事，他也是我們的鄰居啊！更何況，他女兒李萱和茉莉還是同班同學喔！而且，他還是學校的家長會長呢！」

「家長會長了不起啊！關我們的餐廳什麼事？」

「人家李副總也是好心嘛！」

「好心？哼！黃鼠狼給雞拜年……」

「喂！話別說得那麼難聽！」

「我去澆花，不和妳說了。」

　　那一陣子，你和媽總是話不投機半句多，說沒幾句話，媽就提到李萱她爸爸，然後談話就結束了。我和姐看著你們各說各話，也不知道要怎樣打圓場才好。

　　李萱是我最要好的同學，她住在隔壁巷子裡，巧的是她爸爸是媽公司的副總，這樣子我們兩家的關係更是匪淺，不過你和姐姐好像都不喜歡他。

　　「爸，你在想什麼，怎麼一直皺著眉頭？」姐姐過去按摩爸爸硬梆梆的肩膀，我奉上一杯茶。

「嗯！百合，妳看給餐廳取什麼名字好呢？」

「這幾天我也一直在想這個問題耶！取名字好難喔！」

「那有什麼難的，」媽的聲音飛奔過來，插在中間。

「李副總說到廟裡求個籤，給廟公算一算，順便看一個好日子開幕，事情就全解決了。」

「這種事怎麼能交給乩童決定呢？都什麼時代了，還出這種餿主意。」爸爸拉開嗓門大聲的說。

「唉喲！李副總不過是開開玩笑嘛！放鬆一下，開心嘛！不過老實說，要是我們真的一直想不出來，到廟裡走一趟或許可行喔！」

「什麼跟什麼嘛！有毛病。百合、茉莉，和我去市場走一走！」

爸，從計劃一路走到實踐，我以為我們就要脫

離「酸、苦、辣」，慢慢品嘗留下來的「甜」，開創我們兒童餐廳的大業。誰知道，真正的「酸、苦、辣」才要開始呢！而且更大的爭吵，正在後面等待著。

　　為什麼離目標愈接近，困難就愈多？擋在幸福前面的紛紛擾擾，竟用海嘯的姿態，排山倒海而來，任憑我們怎麼拚了命的逃跑，還是被海嘯毫不留情的吞噬。

　　「我們是中國人，當然是以中式餐點為主。台灣小吃這麼多，光用想的就流口水了，我們應該把它發揚光大才對。」爸爸說得有條有理，我和姐姐點點頭。

　　媽媽一看我們兩個站到爸爸那

邊，也不甘示弱：「台灣小吃已經有很多攤販在發揚了，人家沒有店面沒有房租負擔，自然可以薄利多銷，我們又何必湊熱鬧呢？」媽媽說得頭頭是道，我和姐姐又點點頭。

「我們的對象是兒童，健康、衛生都得講究，怎麼能把我們的餐廳和攤販相提並論呢？」

「好，既然你說了『健康、衛生』，那西餐更健康、更衛生，有生菜、有果汁，都是天然的，低脂又沒有油煙，不是更好嗎？連李副總也贊成做西餐。」

「又是李副總，他憑什麼參與意見，我又沒有問他，真是好管閒事。」

「他好管閒事？跟你說過了，人家是好心想要幫忙，要不是我跟他交情好，誰理你啊！」

「好！你們交情好！……妳不過就會一些烤箱做的小點心，別以為這三腳貓功夫就可以開西餐廳？我看，還差得遠呢！崇洋媚外。」

「我是三腳貓，崇洋媚外？你也不過就是會一些老掉牙的料理，這樣就敢拿翹。哼！食古不化……」

我和姐姐看著你和媽媽，從心平氣和的商量討論，到氣急敗壞的脣槍舌劍，這槍劍無眼，你來我往的發射，是會傷人的。果然，在越來越大的爭執裡，傳來兩顆心被撕裂的聲音。空氣中彌漫著濃烈的火藥味兒，就要讓人窒息了。

你漲紅了臉，雙手握緊拳頭，像座一觸即發的火山，頭頂兒冒出濃濃的烏煙，只見你頂著岩漿往外跑，大門「碰──」的一聲被甩上了，留下一屋子的沉寂。媽低著頭坐在沙發上，顫抖著雙脣低聲啜泣。

我和姐呆若木雞，不知道是該先安慰媽還是先出去追你。

隔天，是我的畢業典禮，你們一個人也沒來，

這讓我很不是滋味。那時，我並不知道，還有更糟的事情等著。

典禮過後，我帶著一張眉頭深鎖的畢業證書回家，發現你的衣櫥開著，裡面空無一物。我以為是小偷光顧，但是屋裡並沒有翻箱倒櫃的凌亂。等到發現連你的行李箱也不見了，這才確定衣櫥裡的東西是被你帶走的。

你，我的爸爸，選在我畢業典禮的這天離家出走，呵！這真是一個好大的畢業禮物啊！

發生這種事，真是令人沮喪到了極點。你還故意把手機留在空蕩蕩的衣櫥裡，是鐵

了心不和我們聯絡嗎？爸，這……教人情何以堪？唯一值得安慰的，是你在我書桌上留下的E-mail address，至少還有一條線，牽引著你和我。

　　媽兩天沒去上班，只是把自己關在房間裡。姐一直怪我當初的突發奇想。天地良心，早知道會弄成這步田地，我還提什麼餐廳不餐廳的，只是「千金難買早知道」啊！

　　第三天，媽媽把頭髮綁成一束高高的馬尾，她總是不會輕易的被打倒，一看就知道是要開始工作了。

　　「來，三個人也可以做事。」我們假裝什麼事也沒發生，照樣的討論起來。

　　爸，看到你的位子空空的，我的心就酸酸的。

不管你和媽是怎樣為了「中和西」吵架，我還是決定把討論出來的菜單與你分享。

爸，如果媽是紅蘿蔔，那你就是馬鈴薯，我和姐姐當其他的配料，沙拉醬是黏著劑，我們會被填充到一個法國麵包裡，那裡就是我們甜蜜的家。

希望回到甜蜜家庭的

茉莉　敬上

MENU ＊法式沙拉麵包＊

◆ 材　料： 紅蘿蔔1小條、白煮蛋1個、小黃瓜1條、馬鈴薯1個、沙拉醬1包、鮪魚罐頭1罐、法國麵包1條

◆ 做　法： 1. 將法國麵包對切成二塊，中間的白麵包挖出備用，不要破壞麵包的外皮。

2. 紅蘿蔔、馬鈴薯去皮洗淨，水滾後置入煮熟。

3. 所有的材料切小丁，白麵包撕成小塊，全部放進大碗裡，拌入沙拉醬。

4. 將沙拉填充至法國麵包裡，再以保鮮膜包住，放入冰箱冷藏。

5. 三十分鐘後，取出切片（約三公分厚），即可食用。

3. 古早味魚丸

親愛的爸爸：

　　收到你的mail真是高興，我知道你還是愛我們的。

　　今天發生了一件令人非常生氣的事，好像我做了什麼十惡不赦的事，成了千古的罪人，媽把我罵得狗血淋頭。爸，你一定要幫我評評理。

　　早上都還沒睡醒呢！耳朵就先被吵醒了。

　　「我沒有交男朋友。」姐斬釘截鐵的說。

　　「沒有？那……，那個打籃球的男生是誰？」媽的

聲音緊追在後。

「就是一個普通朋友嘛！一個普通的男生朋友嘛！」姐還是冷冷的。

「普通朋友打電話來做什麼？」

「奇怪，就像妳打電話給辦公室的李叔叔一樣……」

「啪！」

清脆的耳光聲，跳進我的耳朵裡，這下子，我完全清醒了。

「碰！」

姐姐的房門關上了，接著我的房門就被打開了。

「茉莉，妳給我起來，」媽媽把我從床上拉起來，手腕都被捏紅了。

「妳姐姐是不是交男朋友了？」

「我不知道耶！沒有吧！」

「有一個打籃球的男生……」

「妳是說趙大哥啊！」

「趙—大—哥—？」媽幾乎尖叫了起來。

「說，趙大哥是誰？」

「就是一個打籃球的男生啊！我和姐去看過幾次球賽。」

「那妳為什麼不告訴我？」

「去看球賽有什麼好說的？」

「……，反正妳應該跟我講的……」

媽一直碎碎念，罵我沒跟她報告姐的事。

爸，去看男生打球有那麼嚴重嗎？

趙大哥的球打得真好，不論是三分球或是扣籃，準頭都夠，不只進球的機率高，連籃板都搶得凶。

姐給我看過她的日記：「那一道道完美的弧線，不斷的在空中交織出動人的光影，……陽光下

的汗水，把球場上移動的身影襯托得更明亮，……籃球真是一種結合力與美的運動。」

這樣，姐算是交男朋友嗎？我不懂。

下午，媽打電話給李叔叔，她叨叨絮絮的說著上午發生的事，不斷的抹去臉上的淚水，掛上電話後，她就出門了。

這件事真的搞得我很煩，我想去安慰姐姐，才走到她的房間門口，門就打開了。

她鎖著眉，臉色很不好看，一副無視於我存在的樣子，直接走進廚房。她從冰箱裡拿出準備好的材料，按照你寄來的食譜，要試做「古早味魚丸」。

姐把菜洗完切好，就開始攪拌魚漿。她戴上手套，用力的摔打著魚漿。幾次之後，臉上的線條隨著手的起

落，漸漸的柔和了起來。看她輕輕的提起，重重的摔落，我也想試試。

「我可以……」話還沒說完，姐姐就把裝著魚漿的大碗推到我面前，我戴上手套，學著她的樣子用力的摔打。沒想到，心中的煩悶，就在這一起一落之間，一點一滴的從心中被摔了出來。等到絞肉和魚漿黏呼呼的融合成一體時，我的怨氣竟然全消了。

姐姐煮了一鍋滾水，用湯匙把魚漿一杓杓的挖起，整成了球形，再一顆顆放入滾水裡，魚丸全部沉在鍋底了。

「叮咚叮咚」我跑去開門，是忘了帶鑰匙的媽媽回來了，她繃著一張臉上樓，我也跟著上樓。

「媽，妳別生氣嘛！姐真的跟那個趙大哥沒怎樣啦！就是一個普通朋友罷了！」

「我是生自己的氣，幹嘛動手打她呢？」

「媽……」

「叩叩叩」我開門一看，兩碗熱騰騰的魚丸湯正冒著氣兒呢！下面壓著一張紙條，「媽，對不起。」

我把魚丸湯端進來，請媽嘗嘗。她看見字條，就衝進廚房，一把抱住姐姐，撫著她的臉，一直掉淚，姐也跟著哭成了淚人兒。

爸，道歉是很難開口的，但是一開口卻能融化對方冰凍的心，對嗎？真希望你也在家，這樣就可以盛一碗魚丸湯孝敬您了。

氣都被摔掉了的

茉莉 敬上

MENU ✶古早味魚丸湯✶

◆ **材　料：** 豬絞肉半斤、魚漿半斤、小白菜半斤

◆ **調味料：** 鹽、白胡椒粉、香油少許

◆ **做　法：** 1. 小白菜洗淨切成小段（約三公分）備用。

2. 絞肉和魚漿放在大碗中攪拌均勻，再將拌勻的魚漿摔打在大碗中，至魚漿有黏性及彈性。

3. 水煮滾，將魚漿捏成圓球狀，一顆一顆放入滾水中，煮至魚丸浮起。

4. 加入青菜，調味後即可食用。

4. 隨意pizza

親愛的爸爸：

我們設計了pizza當點心，媽覺得要找人來試吃才行，就打電話約了李叔叔，請他到家裡來品嘗。

姐一知道媽請的客人是李叔叔，就臭著一張臉，嘟嘟嚷嚷的說：「不找自己的老公回來，倒找別人的老公來。」

「姐，妳這樣說實在不公平耶！媽也不知道爸在哪裡啊！」我說。

「喂！妳到底站在哪一邊啊？」

「什麼哪一邊？」

「是爸爸這邊？還是那個李先生那邊？」

「當然是爸爸這邊啊！」

「那就對了！爸離家出走，不知道媽是怎麼想的，也不去打聽消息。」

「可是爸連手機都沒帶走，他存心讓我們找不到他！」

姐姐搖搖頭：「妳不會懂的。」

每次都這樣，姐總是用這句話做結論，好像我真的很幼稚。有一天我一定要好好跟她抗議一下，好歹我也要上國中了。

整個上午，我們忙著準備pizza的材料，切絲的切絲，切片的切片，當所有的材料都處理好了以後，姐姐說：「媽，您是大廚，自然要待在廚房裡，我和茉莉就充當服務生吧！既然是要試吃，總得看看小朋友的反

應。李叔叔上兒童餐廳，怎麼可以自己一個人來呢？」

「所以啊！」姐姐轉身接著對我說：「茉莉，妳跑一趟同學家，請李萱全家來試吃吧！我現在去布置餐桌。」

我點點頭，用旋風的速度衝出去。李萱家和我們家只隔一條街而已。

我到李萱家時，看到李叔叔西裝筆挺的正準備出門。

「李叔叔……，我媽說……還要請李媽媽和李萱還有弟弟一起來……」我大口大口的喘著氣。

「李萱，」我吸了一口氣，提高嗓門叫著。

「請你們全家到我家吃pizza。」

只見李媽媽笑盈盈的從樓上下來：「茉莉，謝謝喔！妳媽媽真周到。不過，李叔叔剛好有事，他正要出門呢！」

「對啊！李叔叔就是要去我家啊！昨天就約好

了。」

先是李叔叔看了我一眼，然後李媽媽看了李叔叔一眼，她的笑容剎那間就冰凍了起來，臉色蒼白得像是罩上了一層霜。

「茉莉妳先回去，告訴媽媽，等會兒我們一定闔府光臨。」

我又急匆匆的跑回家，跟媽說客人待會兒就到。

餐桌上插了一大束「瑪格麗特」。爸，這白色的小花你一定不會忘記。當年，你就是用瑪格麗特，跟媽求婚成功。只可惜，今天的花是插給別人看的。

就在這個節骨眼兒上，廚房裡的水槽竟然積水了，媽和姐蹲在地上檢查水管。

「茉莉，去拿通馬桶的黑色橡皮吸盤來。」

「爸以前都是這樣弄的……」不等我說完，媽一把就搶去橡皮吸盤，霹靂啪啦的對著水槽的出水口吸引，可是水一直往上冒，完全沒有消退的跡象。她又用力的戳了幾下，還是一點動靜都沒有。接著她蹲下去，不耐煩的拉拉排水管，水槽裡的水紋風不動，她又扯了一下，結果「啪」的一聲，水管就斷了。上面的水找到了出口，傾瀉而出；下面的水也有了出路，全部湧了上來。我們眼睜睜的看著混合著食物殘渣的髒水，帶著一股餿味，幾秒鐘之內，流遍了廚房的地板。

「天啊！」媽的臉色瞬間凝重了起來。

「茉莉，快去告

訴李萱，請他們晚餐時間再來。」我會意的點點頭，又出門了。

爸，整個下午，媽都在弄那個水管。我們一直回想，你以前是怎麼修理的，然後依樣畫葫蘆，可是葫蘆裡的膏藥好像就是不對。結果媽竟然坐在地板上，史無前例的嚎啕大哭了起來，把我和姐都嚇傻了（你離開的時候她也只是默默的掉淚而已）。最後只得請來水電工人，才搞定水管一事。

我們重整被肆虐過的廚房，準備延期的宴客。

「歡迎光臨！」我和姐姐繫上圍裙。

李叔叔中午的西裝，換成了一件休閒T恤。倒是李媽媽，打扮得花枝招展，成了一朵豔麗的牡丹，還灑了香

水，那個味道讓我忍不住打了一個噴嚏。

　　他們入座了以後　，我把小烤箱放在桌邊，姐姐用大托盤把pizza的材料端上桌，李萱的弟弟一看到這些配料，就一直拍手。

　　「您好，我來示範pizza的做法。」

　　姐開始實習了。

　　「烤箱先預熱。

　　「首先，在吐司上面塗一層番茄醬。」姐姐用抹刀把番茄醬抹平。

　　「選擇您喜歡的材料，一層一層的平鋪上去。」她放了一層鮪魚、幾片洋菇、一層什錦蔬菜和洋蔥絲。

　　「撒上起司絲，稍微壓平，小心的把pizza送入烤箱。

　　「設定五到八分鐘，上層的起司絲融化呈金黃色，就可以食用了。

　　「請您小心使用烤箱，尤其注意小朋友的安全。

「食用時，可加入適量的胡椒粉和起司粉，增加風味。祝您用餐愉快！」姐姐給客人一鞠躬，就退到一旁待命了。

爸，姐真的很了不起，她簡直得到了你的真傳，手藝好又勇於嘗試，我真羨慕她。她從小就跟著你在廚房裡洗洗切切，你總是放手讓她去做，每次我跟在她後面，你們就嫌我小，把我趕出來。我也很想學做菜啊！可是廚房裡有了你和姐，我和媽都成了多餘的人。媽還會用烤箱做菜，至少還有「烤箱媽媽」的封號，而我，什麼也不會。唉！看樣子，我只能蒐集食譜了。

對了！媽今天一直在廚房裡忙，最後才親自送上酥皮濃湯。簡單的詢問口味，還寒暄了幾句。

李叔叔沒說話，李媽媽卻出奇的客氣，像是隔

了一座山那麼遠，和媽有一搭沒一搭的聊著。李萱
和她弟弟圍著我和姐，直說做pizza不但好吃而且
好玩。

忙了一整天的

茉莉　敬上

MENU *隨意pizza*

◆ **材　　料：**厚片吐司、起司絲、起司粉、番茄醬、
胡椒粉、冷凍什錦蔬菜

◆ **以下材料請自選：**青椒、洋蔥、火腿、洋菇、鳳
梨、培根、熱狗、鮪魚罐頭、
蝦仁、墨魚、蟹肉棒

◆ **做　　法：**1. 切絲：青椒、洋蔥、火腿。

2. 切小片：鳳梨、培根、熱狗、洋菇。

3. 冷凍什錦蔬菜燙熱，蝦仁、墨魚、蟹
肉棒燙熟。

4. 吐司抹上一層番茄醬，再層層放上自
己喜歡的材料，最後鋪上起司絲。

5. 烤箱190℃預熱，放入披薩約烤5-8分
鐘，讓起司融化且呈金黃色。

6. 品嘗時灑上胡椒粉、起司粉即可食
用。

5. 和解冰

親愛的爸爸：

　　媽加班去了，姐帶我到市場去採買，我們做了一些壽司，送去給她當飯。上了公車，我們直往媽的公司飛奔而去。熙來攘往的都市，車輛川流不息。爸，你吃飽了沒？

　　我們走進媽的辦公室，她和李叔叔正準備一起出去吃飯，看到我們搭配得花花綠綠的壽司，只好把錢包放下。其他加班的同事歡聲雷動、鼓掌叫好，這些人都曾經到家裡做過客，嘗過你的拿手菜，知道我們家有個大廚師。我啊，真的很笨，連

當姐的副手都不夠格，頂多只能算是跟班提菜的小妹罷了！

這些「吃人的嘴軟」的同事們，還不停的對著媽讚美你：「經理啊！妳有一個好老公喔！不但廚藝好，還這麼體貼，做了這麼些好料來，我們啊！託您的福囉！」媽不得不擠出尷尬的笑容，對著同事們直點頭。

吃完壽司，我們和媽手挽著手就回家了。沒想到，這樣歡樂的氣氛，下午就走味兒了，我和李萱吵架了，而且吵得很凶。

「我爸和我媽一直吵架，嗚……，吵了一個晚上，到天亮還不停，嗚……下午回來還繼續吵……」李萱眼睛紅腫腫的，大概也跟著哭了很久。

「發生什麼事了？妳慢慢說。」我摟著她，姐拍著她的肩膀。

「百合姐，嗚……，就是我爸和妳媽做朋友，我媽不高興啦！」

姐的臉色一沉，自顧自的把手臂環抱在胸前，望著窗外發呆。

「不會吧！妳爸和我媽只是好朋友，就像我們兩個一樣啊！」我安慰她。

「可是他們兩個會不會也這樣抱著互相安慰呢？嗚……」

「不會，妳別亂說。」我聽了很不舒服。

「嗚……，我沒亂說，我媽說妳媽是狐狸精，把自己的老公氣走，就要來搶別人的老公。」

我鬆開李萱：「妳不可以這樣說我媽，她不是什麼狐狸精，她跟你爸只是同事。我爸……我爸只是因為……餐廳的事……」我忍不住掉下淚來，話也說不完全了。

「是妳媽害他們吵架的！」李萱氣呼呼的說。

「沒有，妳亂講！」

「有！」

「沒有！」

「有！」

「沒有！沒有！沒有！我要和妳絕交！妳出去。」我火冒三丈。

李萱哭得像一朵淋溼了的小花，嗚嗚咽咽跑走了。姐用力的抹了一下臉頰，媽偷偷的閃進房間裡。我心裡更生氣了，她不該和李叔叔當好朋友，這樣會引起不必要的誤會。

爸，你別再和媽嘔氣了，回家好不好？你回來了，李媽媽就不會再誤會了。我喜歡李萱，她是我最要好的朋友。

「茉莉，」姐姐把臉上的淚痕擦乾。

「別生氣了，我們來做個『和解冰』。」

「和解冰？」

「嗯！吵架後，要是兩個人想要和好，可是又不好意思開口，就可以來一客『和解冰』，這樣大家就懂意思了。」

「姐，妳好棒喔！如果爸媽錯怪了小孩，可是又拉不下臉來道歉……」

「對！這樣也可以來一客『和解冰』。」姐接著我的話說。

「茉莉，妳的腦袋越轉越快囉！」

「和妳一樣啦！」

我們就這聊進了廚房，早早忘了剛剛的淚眼婆娑。

爸，姐姐早就預備好材料了，她把愛文芒果切小塊，放在冷凍庫裡給結成了芒果冰塊。然後加入香草冰淇淋，放到果汁機裡一起攪打。金黃耀眼的

芒果，配上濃郁的奶香，散發出誘人的芬芳，像院子裡的梔子花，讓人忍不住想親吻一下。

我的好姐姐拿來高腳杯，裝上半杯雪碧，放入一球芒果香草冰淇淋。冰淇淋浮在雪碧上，光看就覺得清涼無比。插上二支旋轉吸管，我們一起用力吸了一口，哇！透心涼耶！雪碧的氣泡在舌尖上，一個個輕輕的爆開，最後，連牙齒都跳動了起來。

再輕輕的舔一口芒果香草冰淇淋，把冰涼捲進嘴裡，芒果獨特的香氣馬上化開，有一點點酸，酸中帶著冰淇淋的甜，那種滋味正好可以用來化解吵架時的口不擇言。

李萱，我最要好的朋友：

這是「和解冰」，想和你一起分享。

如果願意，我在外面等著妳的呼

喚；如果不願意，也可以獨自享用。

　　請妳原諒的

　　　　茉莉　敬上

　　我把字條壓在和解冰下面，放在她家門口，按了門鈴，大叫了一聲「李萱外找」，就躲到圍牆外了。

　　大門「咿咿啞啞」的打開，我瞧見李萱拿起杯子，看了字條，頭也不回的往屋裡走。我涼了半截的心，緩緩的掉到了肚子裡，她還在生氣，她真的要獨自享用。我像是凋謝了的向日葵，垂下頭去，無力的嘆了一口氣。

　　「茉——莉——，我在這兒呢！」一抬頭，看見李萱在二樓的窗口揮手，我高興得三步併二步，跑到她的房間，和她一起分享「和解冰」。

爸，後來我也給李媽媽和李叔叔送去一大杯和解冰，等明天再告訴你，他們和好了沒？

　　　　　讓和解冰澆熄怒火的

　　　　　　　　茉莉　敬上

PS.如果我也裝一杯「和解冰」給你和媽媽，你們會願意用同一根吸管共享嗎？

MENU ＊和解冰＊
◆材　料：愛文芒果、香草冰淇淋、雪碧
◆做　法：1. 愛文芒果去皮切丁，放到冷凍庫結成冰塊。
　　　　　2. 把冰凍的芒果和香草冰淇淋，放到果汁機裡攪打均勻。
　　　　　3. 倒半杯雪碧，放入一球芒果香草冰淇淋，裝飾上兩湯匙芒果丁即可。

6. 吻仔魚烤飯

親愛的爸爸：

　　昨天是外公、外婆結婚四十週年紀念日，他們到家裡來慶祝。兩個加起來一百多歲的人，把頭髮染成黑褐色，看起來好年輕喔！

　　「把頭髮染黑，只是『看』起來年輕，又不是真的變年輕！」姐用那種蚊子在耳邊嗡嗡嗡的叫聲說，看起來一副很不屑的樣子。

　　爸，姐最近變得很怪，說話很衝，人家明明沒有那個意思，她就是硬要頂上兩句話，不知道是故意的還是……，唉！反正她整個人都變了，媽也拿

她沒辦法，真希望你回來勸勸她。

　　話說回來，我覺得外公、外婆就是因為看起來年輕了好幾歲，大家東一句好美喔，西一句好帥喔，逗得他們倆樂不可支。想想，每天這樣開懷大笑，連心都要變年輕了，不是嗎？

　　為了這個結婚紀念日，媽準備了好多菜，辣烤全雞、南瓜蘑菇濃湯、凱薩沙拉……，還烤了焦糖布丁當成餐後甜點，整個房子裡彌漫著香噴噴的奶油味兒和濃郁的起司香。

　　「唉喲！好香喔！今天有大餐吃了。」外婆一進門就開心的嚷嚷。

　　「慶祝結婚四十週年，當然要隆重些囉！」媽媽攬著外婆的腰。

　　「真是噁心！這麼老了還撒嬌！」姐姐又悄悄的說了。我沒有回嘴，就當她今天吃了手榴彈好了。

其實在外婆的眼裡，媽媽永遠就是女兒嘛！如果有一天我當了人家的媽媽，還能跟自己的媽媽親密的摟摟抱抱，那多好啊！

外公打從進門就不吭氣兒，我知道他不習慣外國人的奶油、起司和沙拉。

「外公，快來坐下。」我上前去招呼他，順手奉上一杯烏龍茶。

「茉莉啊！謝謝妳喔！又長高了。」外公像是沙漠裡的仙人掌一樣，迫不及待的喝了一口茶。

「咦！怎麼沒看到妳爸爸呢？」

我瞧了媽一眼，不知道要怎麼開口，她沒把爸離家出走的事告訴他們嗎？

「他啊！恰巧出差去了。」媽對我使了個眼色。

「說謊！」姐的聲音又飄過來了。看來，她今天不只是吃了手榴彈，還吃了不少炸藥。

爸，我們邊吃邊聊，說了一些「兒童餐廳」的事，外婆直說這是個好點子。

「市場上倒真的是沒有以小孩為主要訴求的餐廳，孩子大多跟著大人，爸媽點什麼菜，孩子就跟著吃什麼。小孩子不但沒有選擇權，而且也沒有自主權。」外婆說。

「如果真有這樣的餐廳，應該是有賣點的。」外公接著說。

真的好高興喔！我的點子再次受到大家的認同。

外婆和媽熱烈的討論起餐廳的菜色。可是外公只吃了一點雞肉、喝了一點湯，就說吃飽了。

爸，外公跟你一樣，喜歡中餐不愛西餐，媽煮這些外婆愛吃的菜，他一定沒吃飽。人家說「母女

連心」，媽和外婆是最好的例子，可是當爸爸的怎麼辦呢？

　　午餐過後，媽拉著外婆到房間裡說貼心話去了，我和姐姐在廚房裡收拾善後。果然，外公靜靜的跟了進來，笑眯眯的看著我們把凌亂歸於整齊。

　　「百合啊！」

　　我和姐對看了一眼，來了來了，外公「喊餓」的開場白要開始了。

　　「好想念妳爸爸煮的牛肉麵喔！」

　　「嗯！」

　　「他一定不是真的出差，是跟妳媽吵架了吧！」

　　啊！外公真是厲害。

　　「你怎麼知道？」姐姐問。

　　「我自己的女兒脾氣怎麼樣，我會不清楚？」

　　我們把他們的「中西之爭」，化繁為簡的說給外公

聽。

「叫妳爸回來，我投中式一票，西餐哪比得上中餐有學問！」

我和姐都沒說話，事情沒那麼簡單，爸在哪兒我們都還不知道呢！

「我現在有點餓了，下點麵條來吃吧！」

「家裡沒有麵條了⋯⋯」姐姐說。

「那有什麼？」

「有昨天晚上的剩飯。」

「我來瞧瞧！」外公把頭伸到冰箱裡，一陣翻箱倒櫃。

「來來來，這些都是好料，你們不是要開兒童餐廳嗎？我們就來做一道適合小朋友的餐點。」外公高舉著手上的菠菜和吻仔魚。

「百合，吻仔魚用水輕輕沖一下，放到烤箱小火烘乾。茉莉，燒點熱水。」

燒開水我會。

姐不等外公吩咐，就把菠菜洗乾淨了。

「百合，菠菜燙一下，切碎。茉莉，把冷飯微波加熱。」外公做菜真輕鬆，只要動口不動手。

「打兩個蛋，我來教妳們做蛋酥。」外公總算要露一手了。

「把油燒熱，……拿漏網來，看，把蛋汁倒下去……」蛋汁從漏網中滴到油鍋裡。

「炸成金黃色就可以撈起來了。」

「很香吧！吃吃看酥不酥？」蛋酥在我嘴裡咔滋咔滋的響著。

「好啦，把所有的材料和白飯拌勻。再拿三角飯糰的模型來。」

「外公，我們家沒有飯糰的模型耶！」

「這個嘛，我來想想……那……，有沒有布丁盒啊？」

這個簡單，媽媽的烘焙用具齊全得很。

「布丁盒裡抹一點點油，把拌飯填充進去，稍微壓緊後，再倒扣出來。」

不一會兒，一個個布丁飯盒兒，高高興興的站在烤盤上。

「刷上一層照燒醬，進烤箱烤一下……那滋味兒……喔……，快快快，手腳俐落點兒！」

「茉莉，想想看，材料還可以有哪些變化？」

外公竟給我考起試來了。做菜我不會，編菜譜可難不倒我。

「可以用鳳梨、熱狗、培根，變成夏威夷烤飯。」

「哈哈，太棒了，中西合璧，看來妳們那對愛拌嘴的父母，可得好好跟妳學習才對。」

後來我們一起品嘗烤飯，外公滿足的說：「還是吃飯比較實在。」

爸，有機會你也試試看吧！

想念好湯頭牛肉麵的

茉莉　敬上

MENU ＊吻仔魚烤飯＊

◆材　料：吻仔魚、菠菜、雞蛋、照燒醬、三島香
　　　　　鬆、白飯、油

◆做　法：1. 蛋酥：熱一些油，把蛋打散，蛋汁倒
　　　　　　入漏網滴入油鍋裡，炸成金黃色撈起。

　　　　　2. 吻仔魚烤一下，菠菜在熱水中燙一
　　　　　　下，切碎。

　　　　　3. 把蛋酥、吻仔魚、菠菜拌到白飯裡，
　　　　　　放入模型中壓緊，倒扣出來。

　　　　　4. 刷上照燒醬，進烤箱烤成焦黃色，灑
　　　　　　上三島香鬆即可。

7. 香吉士優酪乳果凍

親愛的爸爸：

　　你沒有忘記趙大哥吧！就是那個打籃球的陽光男孩。媽竟然想請他到家裡來吃飯，她告訴姐姐的時候，姐的臉色當場發白。

　　「媽，妳想幹嘛？」

　　「就是請妳的朋友吃飯囉！」

　　「唉呀！他不會肯的啦！」

　　「不試試妳怎麼知道呢？去打個電話約人家。要不，電話給我，我來打。」

哇！媽這招真是高明啊！標準的化暗為明。姐在萬般無奈下，只好去撥電話。

　　「喂，你好。」咦！姐好有禮貌喔！

　　「請問趙翊軒在家嗎？」原來趙大哥的名字叫翊軒。

　　「我是他的朋友，謝謝。」

　　「喂，我是百合啦！我媽說要請你到家裡來吃飯，我跟她說你沒空，也不想……」

　　「什麼？……你確定……」

　　「媽，」姐一手捂住話筒，一邊叫。

　　「趙翊軒問妳幾點來？」

　　「就請他明天中午十一點半來吧！」媽正在外面整理花園。

　　「我媽說明天中午十一點半到我家……」

　　「嗯！就這樣，bye。」姐掛斷電話，面色凝重。

　　「看什麼看！」她瞪了我一眼，我趕緊溜到外面，

陪媽蒔花養卉。

　　一整天，姐上上下下忙得不可開交，主要是整理房間。說起她的房間，唉！只能用「慘不忍睹」四個字來形容。

　　記得過年時大掃除，她的房間收拾得乾乾淨淨的，要求大家進去都得脫鞋，彷彿鞋底沾黏了很多駭人的細菌一樣。有一次我忘記脫鞋子，不但被罵得慘兮兮，連打躬作揖都不夠，只好來來回回趴在地上擦地板，足足有半個小時之久。

　　時日一長，不但鞋免脫了，而且，床上還堆滿了衣服，她說：「反正過兩天就要穿了，收在衣櫥裡多麻煩。」再過不久，房間裡就連坐的地方都沒有了，椅背上掛滿了背包，座位上堆滿了書，她說：「這樣媽不會待太久，也不會訓太多話，反正沒地方坐嘛！」

接下來，就連開門都有困難了，門後面全是她堆積如山的私人收藏──各式各樣的飲料罐，有鋁的、塑膠的、玻璃的……，琳瑯滿目，她視為珍寶，媽卻說是垃圾一堆，我則是好奇的常去查看有什麼新貨，尤其是寒暑假，總有同學出國去，幫她帶回來一些「舶來品」，那可都是一些式樣新、顏色鮮的「奇貨」。

「茉莉啊！那個趙大哥長什麼樣子啊？」我和媽在廚房準備餐點時她問。

「嗯！高高瘦瘦的，皮膚晒得黑黑的……差不多就是這樣。」

「喔！……妳姐跟他很要好嗎？」

「嗯……什麼叫做很要好？」

「就是常常出去玩，去約會啊！」

「常常出去玩？約會……」我想了一想。

「媽，姐平常上下學不是都很準時嗎？假日也都待在家裡，要不然就是我們全家出去玩，這樣她有時間和趙大哥約會嗎？我們到球場看他打球，也只有兩次，每次都沒超過半個小時，他們不過說兩句話而已。」我把我知道的事全部和盤托出。

媽媽沒有再說什麼，可是我實在想不通，為什麼當媽媽的，連自己的小孩都不相信呢？

爸，你相信姐姐嗎？

這是明天飯後的甜點，我覺得還滿有創意的，和您分享。

弄不懂媽在想什麼的

茉莉 敬上

MENU ＊香吉士優酪乳果凍＊

◆ **材　料：** 香吉士、吉利丁粉15克（1大匙＋1小匙）、砂糖3大匙、優酪乳1杯、冷開水1/4杯

◆ **做　法：**
1. 用5大匙的冷開水泡開吉利丁粉。

2. 香吉士切去頭部，將果肉挖出備用，不要破壞果皮的完整，果肉挑除種子、果膜，留下1又3/4杯。

3. 鍋子裡放入果肉、冷開水、砂糖，小火煮至略溫，倒入吉利丁，攪拌到糖和吉利丁融化（注意不要煮滾，頂多至冒煙即可）。稍微放涼後，加入優酪乳拌勻。

4. 將液體倒回香吉士果皮中，多餘液體倒入布丁模型盒，放入冰箱冷藏到定型。

5. 香吉士切片裝盤，果凍脫模盛盤即可（脫模時，可以將模型盒泡熱水幾秒鐘，便可輕鬆的取出果凍）。

8. 焗烤馬鈴薯

親愛的爸爸：

我真的會被氣死。

趙大哥果然準時到來，他穿了一件白色 polo 衫，和一條黑色的牛仔褲，看起來好帥氣。最酷的是他帶來的那一束海芋，讓媽打從心眼兒裡高興了起來。

爸，你們迷戀白色真是夠了，家具要白的、衣服要白的、花要白的，連我們姐妹倆的名字也是白的，還好我們都有香味，算是……與眾不同吧！

媽親切的招呼趙大哥，交代姐姐把海芋插在餐

桌上，只是萬萬沒想到，一個跟屁蟲竟也跟著他進門。

「百合媽媽，真的很抱歉，這是我弟弟翊宇，他一定要跟來，說茉莉是他的同學，真不好意思。」

「茉莉媽媽好。」趙翊宇在我驚訝的眼神中，給媽行了一個舉手禮。

「是我硬要跟我哥來的，我是茉莉的同班同學。她在班上待人一直很親切，我想來看看茉莉媽媽，怎麼能把茉莉教得這麼好，」

天啊！趙翊宇是趙大哥的弟弟？兩個人天差地別。

「果然不出我所料，茉莉媽媽的笑容也是這麼親切……」

老天啊！真是狗腿。這個可惡的趙翊宇，虧他還是李萱心中的白馬王子，要是讓她聽到這些話，不知道她

會不會覺悟。

「啊！弟弟好有禮貌喔！歡迎光臨囉！」

「茉莉，好好招呼同學喔！」

姐斜眼歪嘴的看著我，一副不懷好意的樣子。

招呼，要我怎麼招呼啊！這突如其來的不速之客，還故意對我眨眼睛。一想到我心愛的辮子，忍痛剪成了清湯掛麵的短髮，全拜他所賜，不禁怒火中燒，臉一下子漲得緋紅。

「這下子換妳尷尬、臉紅、不好意思囉！」姐竟然這樣揶揄我。

「我臉紅是因為我生氣，以前他總愛拉我的辮子……」完全不等我把話說完，姐扭著屁股就走了，一臉洋洋得意，還伸出食指不斷的搖動。

姐的背影寫滿了不相信，我真的快被氣炸了。爸，他們全都欺負我一個人。

好，趙翊宇，沒關係，你給我記住。

我收拾起生氣的臉，戴上笑逐顏開的面具，先奉上蜂蜜檸檬汁，對趙大哥問好，給趙翊宇一個嫣然的微笑。

「叮咚叮咚」

「我去開門！」我對廚房喊著。

當我把李萱領進客廳的時候，趙翊宇的臉都綠了。李萱可是喜孜孜的，像是枝頭上的綠繡眼兒一樣雀躍。

「萱，妳坐這兒。」我把她安排在趙翊宇的旁邊，她給了我一個眉飛色舞的笑容。

「媽，李萱恰巧過來，可以留她一起吃飯嗎？」

「OK！」

這會兒，輪到我對趙翊宇眨眼了。

「今天妳可要幫忙招呼趙二少爺喔！」我用一種只有李萱和趙翊宇聽得見的聲音說。

爸，媽媽為了要多了解趙大哥，一直在餐廳裡聊天；趙大哥是姐姐的客人，她也得待在餐廳；李萱和趙翊宇已經被我安排在一起了，我順理成章的變成了跑堂（還好媽把菜都做好了）。

趙大哥和媽談笑風生，姐呢！雖然插不上話，但是笑臉盈盈，畫面裡一片和樂融融。可是如果往另一邊望去，就完全是另一種不同的風景了。

李萱對著趙翊宇嘰嘰呱呱的說笑，喜形於色，像是中了大樂透的頭彩；趙翊宇則是苦著一張臉，有一搭沒一搭的，心不在焉和不耐煩，全寫在臉上。

「翊宇，這道焗烤馬鈴薯是茉莉媽媽的拿手好菜，你一定要嘗一嘗。」李萱一邊說，一邊挖著剛端上桌香噴噴的馬鈴薯。起司絲一直從烤盤牽拖到趙翊宇的餐盤裡，李萱手忙腳亂的，用湯匙撥了好一會兒，才不再藕

斷絲連。

「對啊！嘗嘗茉莉媽媽的好手藝。」媽媽也給李萱挖了一瓢。

「李萱和茉莉都超級愛吃這道菜喔！」媽笑著說。

「還有爸也愛吃。」我心裡嘀咕著。

爸，腦海中一直浮現你吃焗烤馬鈴薯的樣子。你總會偷偷的多灑一把起司，「這樣才吃得到濃純香，拉出長長的絲來才過癮。」

爸，中餐、西餐有這麼重要嗎？有些西式料理也很合你的胃口不是嗎？為了中、西和媽吵架值得嗎？

心裡一直偷笑的

茉莉　敬上

MENU ＊焗烤馬鈴薯＊

◆材　料：馬鈴薯、起司絲、培根、奶油
◆調味料：鹽、黑胡椒粉、迷迭香
◆做　法：1. 馬鈴薯洗淨蒸熟，稍微放涼後對切，
　　　　　　 中間挖空，約留半公分厚，當成容
　　　　　　 器。

　　　　　 2. 培根切丁，加少許奶油炒香，加入挖
　　　　　　 出來的馬鈴薯、迷迭香拌勻，用鹽、
　　　　　　 胡椒粉調味。

　　　　　 3. 把餡料回填到馬鈴薯裡面，灑上起司
　　　　　　 絲，送入烤箱，180℃烤15-20分
　　　　　　 鐘，呈金黃色即可。

9. 香菇雞湯

親愛的爸爸：

　　我們去逛黃昏市場，到那一攤你常去哈啦的「楊土雞」，買一些雞肉。

　　「呵呵！妳們是百合和茉莉吧！真是不好意思，我總是弄不清楚哪個是哪個。」老闆笑呵呵的說，嘴裡一片通紅，檳榔渣還在裡面轉動。

　　我和姐也笑了笑，認真的看起了土雞肉。

　　「妳爸爸呢？好久沒看到他了。」喔唷！最怕聽到這句話，真想丟下雞肉，回家。唉！總不能告訴人家：

「我爸離家出走了，因為和我媽吵架」。

「喔！他最近很忙。」姐頭也不抬的說。

天知道他忙什麼！我完全沒了心情，呆呆的看著姐姐。

「老闆！麻煩你幫我去骨頭，切成塊。」姐姐挑了兩隻雞腿。

老闆幹練的在大砧板上揮刀，姐姐順手又選了一些雞腳和雞翅。老闆在膩油油的圍裙上抹一抹油膩膩的手，把雞肉一包一包的裝袋。

「替我跟妳爸爸問好啊！」

回家的路上，我們又繞到中藥房，買了一包四神湯的藥材。

爸，我實在很想你，市場裡那些老闆們尚且惦記著你（不論他們是惦著你的人或是惦著你的錢），更何況我是你的女兒呢！爸，你回來好嗎？

媽在我們面前，絕口不提你，看起來滿不在乎的樣子，她是逞強愛面子。就算證明沒有你，我們也能過得很好，那又有什麼意義呢？更何況沒了你，我們過得並不好。這個「不好」的意思是：怪怪的，像是吃飯缺了筷子、洗澡少了肥皂、煮湯忘了放鹽巴一樣。

　　我們回到家時，看到媽躺在沙發上睡著了。她的眼鏡放在茶几上，胸口趴著一本紅色封面的書，書本隨著均勻的呼吸上上下下起伏著。地板上還躺著兩本藍的，一本紅的。這些從來沒看過的書，引起了我們的好奇。四本書，兩藍兩紅，封面上沒有書名，也沒有圖案。我撿起其中一本紅色的，姐姐拿了一本藍的。

　　　芬：

　　　　你好嗎？好想妳。想妳現在在做

　　　什麼？想妳現在是高興還是生氣？昨

天妳送我上車以後，我就拚命的想把

妳笑的樣子印在我的腦子裡、烙在我

的心裡……

哇！我趕緊把書合上，這是一本情書，而且還是純手工書寫的。

「芬」是媽的名字，難道……

我偷偷的再翻開一頁，直接找到了署名，是「弘」，上面還有「愛你的」三個字。天啊！「弘」是爸的名字。

我和姐交換了一個眼神，輕輕的把書放下，提著雞肉躡手躡腳的進了廚房。

「姐，是爸寫給媽的情書耶！」

「嗯！我那本是媽寫給爸的。」

「芬啊弘啊的，很肉麻耶！」

姐一邊點頭，一邊燒水汆燙雞腿，我們要做香菇雞

湯。

爸，這是你最拿手的煲湯，我們全家都愛吃，現在只能自己煮來解饞。

姐把香菇洗乾淨，溼透了的香菇，靜靜的被放置在碗裡。然後她又切了幾片老薑，加到湯裡去煮，我知道這是去除腥味的。

「中火煮滾雞湯，大約十分鐘後，把火關小，讓湯保持在小滾的狀態，這樣可以保有湯的香氣，雞肉也不會太老。」姐姐說。

「姐，爸媽以前一定很相愛吧！」

「不只以前，我看現在還是一樣呢。」

「現在？」

「以前相愛是一定的，不然，我們剛才看到的情書是怎麼來的？」

「說的也是。」

「這兩個人真是浪漫，竟然會把情書拿去裝訂成冊！藍色的，一定是媽寫給爸的，紅的就是爸寫給媽的。厚厚的四本耶！裡面有多少喜怒哀樂、嬉笑怒罵、酸甜苦辣，那可都是愛情啊！……」

姐侃侃而談，好像她自己就是「情書大全」的總編輯一樣。

「那妳怎麼知道他們現在還相愛呢？」我打斷她的愛情大道理。

「傻瓜，」她戳了一下我的頭。

「媽如果不愛爸了，會把陳年的情書挖出來看嗎？」

「妳沒看到媽的睫毛上，隱約的還掛著淚珠嗎？」

喔！真是明察秋毫。我跑到客廳一看，媽的睫毛長長翹翹的，眼

角漾著淚滴，眉心皺成一團，看起來一副心事重重的樣子。

雞湯的香味，把我拉進廚房，香菇的芬芳飄散在空氣中。我先盛了一碗放涼，待會兒給媽先嘗。

純白色的瓷碗，印著兩顆殷紅的櫻桃，雞肉隱約的掩蓋著欲滴的鮮紅，香菇撐篙似的飄在清澈的湯上，讓人忍不住想要啜上幾口。

我端起湯，一轉身，看到媽站在廚房門口，雙手握著門把。剛睡醒的頭髮散落在肩上，惺忪的眼神渙散、驚慌，看起來像是在找人。眼睛在廚房裡巡邏了幾回，失望的嘆了一口氣，拖著沉重的腳丫，走回客廳。

我把香菇雞湯送到她面前，她默默的接過去，輕輕的用湯匙一口一口舀著喝，眼神跟著香味飄到很遠很遠的地方去，一直到湯沒了，才回過神來。

「茉莉，過來給媽媽抱抱。」

我走過去，坐在她的懷裡，任由她緊緊的抱住我。

用香菇雞湯想念您的

茉莉　敬上

MENU ＊香菇雞湯＊

◆材　　料：去骨雞腿肉、香菇數朵、薑片、米酒、
　　　　　　鹽

◆做　　法：1. 雞肉切塊、汆燙去血水，放入薑片，
　　　　　　　以中火煮滾。
　　　　　　2. 續以小火慢燉40分鐘，加入香菇，煮
　　　　　　　至香氣溢出，用鹽巴調味。
　　　　　　3. 熄火前加入少許米酒提香。

10. 補氣四神湯

親愛的爸爸：

媽生病了。

姐半夜起來上廁所，看見媽房間的燈還亮著，房門半掩。她順手把門一推，想請媽早點休息，沒想到，床上的被子整整齊齊的，並沒有動過的痕跡，媽不在房間裡。姐姐在客廳和廚房繞了一圈，也沒有看到她。

姐把我叫起來一起找，我們終於在一個你料想不到的地方找到她。

　　我們把家裡所有的燈打開，找了每一個地方，都沒有看到媽媽。

　　「姐，院子裡找找看吧！」我提議。

　　窗外很黑，我們面面相覷，吞了幾口口水，我就要去開門。姐姐一把拉住我：「門是從裡面上鎖的，媽不可能在外面。如果她出去了，裡面的鎖不會還鎖著，……」

　　「姐，媽會不會也離家出走？」我打斷她的推論。

　　她搖搖頭。

　　我不知道她的意思是「媽不會離家出走」還是「她也不知道媽會不會離家出走。」

　　「媽一定還在她的房間裡，燈還開著……」

　　我們三步併兩步上樓，衝進房間，仔細一瞧，我七上八下的心頓時全放下了。媽的睡衣從衣櫥的縫隙露出一角，是你的衣櫥，已經被你搬空了的衣

櫥。姐拉開門，媽蜷在裡面，脖子上套著你沒帶走的領帶。

媽媽竟然睡在你的衣櫥裡，我想要叫醒她，讓她上床好好的睡一覺，才一碰到她的手，天啊！燙的。我們努力的把她從衣櫥裡弄出來，裡面有一堆擤過鼻涕的衛生紙。

「幾點了？發生什麼事了？妳們怎麼會在這裡？天亮了嗎？」媽幽幽的醒轉，丟出了一堆問號。

「妳發燒了。」姐姐說。

我們一人一邊，攙扶著她上床，然後給她喝一大杯開水。我拿來冰枕，用大毛巾包起來，給她充當枕頭退燒；姐擰乾溼毛巾，放在她的額頭上，就像我們生病時，她照顧我們一樣。

「媽，好好的床不睡，怎麼睡在爸的衣櫥裡？」姐坐在床邊問。

「沒事沒事，」媽揮揮手，這才發現脖子上還掛著爸的領帶，她順手把被子拉上，企圖蓋住領帶。我們假裝沒看見。

「我要睡了，妳們也快去睡覺吧！」

「要吃退燒藥嗎？」我問。

「不用了，睡一覺，出出汗就好了。」

這句話好熟悉，爸爸每次感冒都會這麼說。

我們把房間的燈關了。

「茉莉，我們把媽叫醒了妳知道嗎？」姐姐帶著一種詭譎的笑。

我不懂意思，對她搖搖頭。

「我們用香菇雞湯喚醒媽對爸的思念。」

腦海裡閃過了幾

個畫面：媽衝到廚房，渙散的眼神像在找尋什麼……，媽睡在爸的衣櫥裡，脖子上掛著爸的領帶……，媽說了和爸一樣的話……。

我的腦袋閃進了一陣光：「我懂了！我們真的把媽叫醒了，她還看了以前的情書。」

姐拍拍我的肩膀，打了一個呵欠，回自己的房間去了。

姐姐一早煮了四神湯要給媽補元氣，淡淡的香氣飄出來了喔……啊！你等等，門鈴響了。

喔！你和媽又開始談戀愛了嗎？

一大束瑪格麗特在門外，連送花人的臉都被遮住了。我得雙手環抱才接得住花束，雙腳戰戰兢兢的觸踏著樓梯，連敲門的手都空不出來。

直到瑪格麗特被擺到媽的床頭，我才看到花海

上航行著一張卡片，飄著玫瑰紅的帆。媽的纖纖細指，輕巧的捏起卡片，自顧自的看了起來。我不好意思盯著她看，只好望著那一束瑪格麗特。瑪格麗特的白花，幻化成一隻隻紋白蝶，在一大片青翠的草地上飛舞，我的心也輕盈的跟著蝶兒追逐。我們把四神湯留在房間裡趕緊離開，讓媽和爸的愛獨處。

「姐，是爸吧！」

「應該是，看來破鏡快要重圓了。」

我不太同意姐姐的話，鏡子跟本沒有破，不過是淺淺的一道小裂痕罷了！

「叮咚！叮咚！」

門鈴又響了。

「是爸爸！」先派瑪格麗特來打前鋒，然後再來探病……

到門口一看，唉！是李叔叔，還有一束紅玫瑰。

「聽說妳媽媽生病了，我特別來看她。」李叔叔笑容可掬的說。

「你等一下，我去問問看。」姐說完，就毫不遲疑的把大門關上。

「要不要請他進來坐，這樣好像不太有禮貌。」

「對這種人不需要有禮貌。」姐氣沖沖的說。

「趁人之危，真卑鄙。妳在這裡等著，我去問媽。」

一會兒，姐下樓來了，臉上堆滿了笑，我懷疑她是不是……變臉了。她逕自走到門口，下巴抬得高高的，很驕傲的說：「我媽在休息，她正在享受我爸爸送來的慰問，您，請回吧！」

李叔叔看起來面有難色，伸手把玫瑰花往前送。姐

的手比他的花還要快，一使勁兒就擋住了紅玫瑰的去路。

「請你把花帶回去送給李媽媽吧！她會很開心的。」大門頭也不回的給關上了。

爸，不知道姐姐是自作主張還是真的問過媽媽，我只看到她的自鳴得意。過兩天，媽去上班，遇到李叔叔不知道會不會尷尬？

「茉莉，要是有人送妳一大束花，妳會怎樣？」

姐明明是在問我，可是眼神卻很飄渺，一副魂不守舍的樣子，她的樣子好像不是真的在問我。

「如果他也送我花……」我想仔細聽，可是她的聲音停了，只有嘴脣還在動。

「……雞翅、雞腳煮出來的四神湯，膠質最多，對皮膚最好……沒想到卻給媽補了愛情……茉莉這麼小不

會懂的⋯⋯」

　喔！又來了，這些支離破碎的話，我確實不懂，爸，你懂嗎？

　爸，媽想你，你知道嗎？我們喚醒了媽對你的愛，那你對媽的愛呢？爸，回來吧！媽生病了耶！

　　　　　被瑪格麗特深深感動的

　　　　　　　茉莉　敬上

MENU ＊補氣四神湯＊

◆ 材　料：雞翅、雞腳1斤、四神1包
◆ 做　法：1. 將雞翅、雞腳汆燙去血水。
　　　　　　2. 把四神、雞翅、雞腳放入鍋中，燉煮40分鐘。
　　　　　　3. 用少許鹽巴調味即可。

11. 情人果

親愛的爸爸：

　　這些日子以來，媽媽絕口不提餐廳、食譜的事兒了，全心全意的把自己奉獻給公司。她一投入工作，就會把老闆交代的事情做到十全十美，把我們遠遠的拋在腦後。這當然是老闆欣賞她的原因，可是這樣一來，她成了公司的經理，而不是我們的媽媽了。

　　今天逛市場，看到未成熟的土芒果，我的嘴巴不知不覺的就酸起來了，口水一直分泌出來，「情人果」又酸又甜的滋味，快速的在嘴裡轉了兩圈。

姐姐二話不說，買了十斤，按照老闆教的方法，回家大展身手。

刨刀在姐姐的手上開始工作，她自然流暢的動作行雲流水，一顆芒果削過一顆芒果，讓人不禁懷疑，刀子是不是長在她的手。

「姐，我也想試試看。」

「嗯，像這樣……」她放慢速度，細心的教我怎樣削去芒果皮。

「姐，爸和媽看起來是和好了，可是爸怎麼還不回來呢？」

「他可能還有什麼事吧！」

「有什麼事比媽更重要？比我們的兒童餐廳更重要？」

「兒童餐廳！妳還敢再說，這個風波全因為兒童餐廳而起。」

姐姐沒停手，而且連看都沒看我一眼。我想，她講得也對，就閉嘴了。

我好不容易削完一顆芒果，接著又拿了一顆。

「茉莉，妳蒐集多少食譜了？」

「少說也有三、四十道了。」我沒好氣的說。不是不提餐廳了嗎？還說什麼食譜。

「這對開一家餐廳來說是不夠的……」

看來姐姐也不能忘懷餐廳的事情。

爸，果真你有事在忙，那一定也是餐廳的事，對吧！只是你在哪兒呢？媽常常要加班，家裡只有我和姐姐，兩個人吃飯真的很悶，只好一直在燴飯、炒飯和麵食裡打混。

有哪家人像我們一樣？媽媽把重心放在工作上，總是不在家；而爸爸拋妻棄女，離家出走。我和姐姐心裡想著念著的，都是你們。尤其是一想到

你，心就好悶，像削芒果的手，皺皺的，舔一下，
酸澀不堪。

「茉莉，專心一點，再胡思亂想就要削到手了。」

我嚇了一跳，刨刀一把畫過了指甲。

「姐，妳要害我啊！」

「我要是想害妳，就不叫妳了，現在妳鐵定鮮血直
流。」

姐姐拿來了小剪刀，仔細的把翹起來的指甲修齊。
我看著她認真的臉，聚精會神的眼睛，忍不住掉下淚
來。

「痛嗎？」

我搖搖頭，她一把抱住我：「爸爸愛我們，他會回
來的，我們一家人一定還會是一家人……」

「姐，我有一個主意，」我擦掉眼淚說

「嗯！」

「昨天我翻了月曆，七夕情人節快到了，如果我們把芒果青醃好，裝上兩瓶，用爸的名義送給媽，這酸酸甜甜的滋味，一定可以給他們的戀情加溫喔！」

「沒想到妳這個小鬼頭，人小鬼大，竟也能想出這種招數，好，如法炮製。」

有了這個好點子，我們的心情輕鬆了起來，動作自然也加快了一些。

　　姐姐在芒果片上灑了鹽巴，用力的抓了一抓，等苦澀的味道去除以後，再用冰糖醃起來。一直到我們完工時，媽媽都還沒有回來呢！

口水流個不停的

茉莉　敬上

MENU ＊情人果＊

◆ 材　料： 未成熟的青芒果10斤、鹽350g、冰糖3斤、話梅半斤、水7碗

◆ 做　法： 1. 芒果削皮，去籽，切成片狀，加入鹽巴搓揉，放置4、5個小時，去除苦澀。

2. 把芒果片撈出來，浸在冷開水中約2小時，把水倒掉，重新再浸泡一遍（去鹽去苦）。

3. 冰糖加7碗水和話梅一起煮至冰糖溶化。

4. 把芒果青撈起瀝乾，浸泡在放涼後的糖水中放入冰箱，三天後即可食用。若放在冷凍庫，就有酸酸甜甜的碎冰塊可以吃了。

12.水果巧克力鍋

親愛的爸爸：

　　事情大條了啦！媽媽的老闆打算派她到瑞士去，不是去出差喔！是去工作，而且要去一年呢！媽說她還在考慮。

　　「最讓我放心不下的是妳們兩個人。」媽說。

　　「那就不要去啊！瑞士那麼遠，還要去那麼久。」我說。

　　「遠是很遠，久是很久，不過老闆可是看中我的才華才派我去的，我也想證明自己的能力。」

　　媽兩手環抱胸前，下巴微微上揚。她眼鏡上的反光，有著驕傲、自信與理想。

　　我轉頭看著姐姐，她對我聳聳肩，兩手一攤，看樣子她好像也贊成媽接下那個瑞士的工作。

　　「可是妳這一去，我們的兒童餐廳怎麼辦？」情急之下，兒童餐廳四個字脫口而出。

　　沒想到媽看了我一眼就上班去了，姐也瞪了我一眼：「哪壺不開提哪壺啊！」

　　哪壺不開提哪壺？就是要提能把媽媽留下來的那一壺啊！

　　爸，這是一大早發生的事，你看啦！怎麼辦啦？都沒有人站在我這一邊啦！要是真的給媽跑走了，你怎麼辦？我們怎麼辦？

　　啊！你等一下，門鈴響了，我去開門。

爸，又是你對不對？郵差先生送來一個包裹，是給媽媽的，上面是你的字跡。可是媽還沒回來，我們只能摸著那個白色手工棉紙盒，不知道你寄什麼東西給媽？

對了！要提醒你，再過兩天就是七夕情人節了，你可別忘了送禮物喔！如果你不方便也沒關係，我和姐做了一些情人果藏在冰箱裡，我們會用你的名義送給她的。

唉！媽要是真的去瑞士怎麼辦？我不是擔心我和姐孤苦無依啦！而是，你和媽的復合如果要再等一整年，喔！太久了啦！我不要這樣。以前我們是標準的「甜蜜的家庭」耶！我要那個甜蜜快快回來。

爸，我們的兒童餐廳是不

是真的沒指望了。你不要怪我在這個節骨眼兒上還提這件事，對於餐廳我真的有很多憧憬。

　　色彩鮮豔的裝潢、吸引小孩的圖畫或飾品；孩子愛吃的點心，營養又可口的湯品；簡單的DIY，可以增加用餐的食欲和樂趣；還有造型可愛又有趣的餐具……，我願意把小時候看過的繪本和家裡的圖書，放在店裡分享給小朋友。這一切的一切，在我的腦海裡轉過千百回，可是……唉！

　　小孩子根本不會在乎是中餐還是西餐，他們只管好不好吃或喜不喜歡。父母呢？考量的不就是衛生和價格嗎？我們當老闆的，不就是要投顧客所需嗎？想來想去我還是不清楚，這與中餐、西餐有什麼關係呢？

　　不想了，再想下去頭就要痛了，而且，我覺得真的該好好想一想的是你和媽。

　　肚子餓了，我要去吃點水果了。姐姐說，如果

小孩不愛吃水果，那就加點巧克力吧！

憂心忡忡的

茉莉　敬上

MENU ＊水果巧克力鍋＊

◆材　料：各種季節性水果、甜味巧克力塊

◆做　法：1. 水果去皮去籽，切成小塊，大小以小
　　　　　　　朋友一口可以吃下為宜。

　　　　　2. 巧克力塊放在小鍋子裡，隔水加熱，
　　　　　　　至巧克力融化。

　　　　　3. 把水果沾上巧克力即可食用。

13. 桑椹果醬

親愛的爸爸：

真的超愛你的。

昨天晚上媽真的很晚才回來，我等著等著就睡著了。今天一大早下樓吃早餐（如果不早一點起床，媽就又上班去了，同住一個屋簷下，見一面都不容易呢！），媽已經氣定神閒的在餐桌前喝咖啡了。

「媽，早。咦！今天喝紫色的鮮奶？」

「哇！是桑椹果醬。」

一瓶果醬放在餐桌上，玻璃罐上彩繪著幾朵瑪格麗特。

　　「一定是爸昨天寄來的，還有什麼？」

　　她指著桌上的白色棉紙盒，我跑過去打開一看，除了果醬還有兩瓶……

　　「媽，這是什麼啊？」

　　「桑椹醋。」

　　「醋？」

　　「美容養顏。」

　　「很酸吧！」我吞了吞口水。

　　所有的玻璃瓶都畫上了瑪格麗特，每一個瓶子上的花形都不一樣，瓶身上還綁著一張卡紙，全是爸的傑作。

　　「爸始終沒有忘情瑪格麗特。」我若有所指的說，可惜媽已經去洗咖啡杯了，看不見她的表情。

　　每年四月，外公山上農場的那棵桑椹總是結實纍纍，我們都會回去幫忙摘果子。把桑椹當成水果吃嫌酸了點兒，外婆和媽媽總是把桑椹洗淨瀝乾，加糖熬煮成果醬，分裝在玻璃瓶裡。

　　果醬可以泡茶、可以塗麵包、可以沖鮮奶，還可以分送親朋好友。你總是看著那些瓶瓶罐罐，開玩笑說：「可以拿到市場去賣了。」

　　唉！這些美好的日子真的都過完了嗎？

　　「茉莉，我上班了，妳和姐姐乖乖在家喔！」

　　「媽，妳真的要接那個瑞士的工作嗎？那我們怎麼辦？」

　　「妳們還有爸爸啊！」

　　「那爸怎麼辦？」

　　「……」

　　「妳別去嘛！」我抱著媽媽說。

「傻茉莉，這是個好機會，值得去自我實現。不過我會慎重考慮的。」她拍拍我的頭。

「再不走要遲到了，要乖喔！」

「對了，帶一瓶醋，放公司喝。」她匆匆的抓了一瓶醋，就出門了。

望著媽媽的背影，我嘆了一口氣，她似乎還是沒有打消去瑞士的念頭。

不說這件事了，就算我再煩惱，也沒有辦法解決。

我翻了翻玻璃瓶上的卡片，竟然是水果醋的作法和功效。

爸，真是夠了。這些玻璃瓶上的圖案畫得這麼漂亮，讓整瓶醋看起來容光煥發，質感大大的提升了好幾倍。但是，卡片上不說些甜言蜜語，竟然說起酸溜溜的醋，這不是很殺風景嗎？看來，冰箱裡

的情人果，真的要派上用場了。

　　都日上三竿了，姐姐竟然到現在還沒起床，真是一隻懶豬。我大步上樓，敲門，開了她的房間，果然人還在被子裡睡大頭覺。我猛然掀開被子，想叫醒她，沒想到卻把自己嚇了一大跳。床上空空的，被子下埋了好幾個抱枕，還夾了一張字條。

　　茉莉：

　　　　別慌，我趕在大家還沒起床前，出門辦事去了。

　　　　別告訴媽，我會趕在她下班之前回來。

　　　　放心，我沒事。記住，一定不能給媽知道，很重要很重要！！

　　　　　　　　　　　　姐

　　天啊！怎麼會這樣？爸，我遭到大家遺棄了，父不愛、母不疼、姐不要。她竟然仗著暑假可以睡懶覺、媽早出晚歸、爸離家出走，演這齣金蟬脫殼的戲碼，到底搞什麼鬼嘛！

　　就這樣，家裡只剩下我一個人。現在我能做什麼呢？

　　爸，一個人守著一棟偌大的房子，是什麼樣的滋味兒，你嘗過嗎？

　　唉！整理食譜吧！

　　「茉莉，我回來囉！」我不理她，轉身繼續賴在床上。

　　「茉莉，」姐坐在我的床邊。

　　「我知道妳生我的氣，可是我一定要出門一趟的啊！事情很重要耶！」

　　「重要到可以把我一個人丟在家裡！」我實在沒好

氣。

「別生氣嘛！我給妳買了奶油餅，趁熱起來吃吧！」

看在奶油餅的份上，我勉強起身。

「姐，妳到底去那裡了嘛！」

「時機到了我自然會告訴妳。」

幹嘛神祕兮兮的！算了，她不說，我問破了嘴也沒有用。

「姐，妳看爸啦！」我拿出桑椹醋上的卡片給她看。

「真不浪漫，情人節到了，只會寫醋。」

「浪漫浪漫，浪漫的卡片昨晚就被媽收起來了，還輪得到妳來看嗎？」

「真的！」

「真的，昨晚我一直等到媽下班，開了盒子，卡片就在最上面，媽看了直笑，妳說浪不浪漫！」

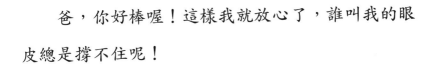

　爸，你好棒喔！這樣我就放心了，誰叫我的眼

皮總是撐不住呢！

　　　　　被大家遺棄了一整天的

　　　　　　　茉莉　敬上

MENU ＊桑椹果醬＊

◆材　料：桑椹、原色冰糖
◆做　法：1.桑椹洗淨、瀝乾。
　　　　　2.一層桑椹一層冰糖放入鍋中，用小火
　　　　　　慢煮。
　　　　　3.待冰糖融化，出水，慢慢攪拌至桑椹
　　　　　　完全軟化。
　　　　　4.一邊熬煮一邊攪拌，至湯汁濃稠稍微
　　　　　　收乾即可。

14. 法國吐司

親愛的爸爸：

自從姐姐上次祕密出門以後，她的心情就好得不得了，眉也笑眼也笑，嘴角飛揚成一輪新月，還吹著口哨，一臉春風洋溢。我知道她一定是去約會。

我不敢把事情告訴媽，那不被姐捶死才怪。這會兒，媽為了公事正忙得不可開交，一時半刻她是不會察覺。等她發現姐有異狀，唉！到時候免不了又是一場爭執。

「姐，妳心情很好喔！」

「嗯，超好的。」姐把澆花的水開到最大，噴出來的水花在夕陽裡映出了一道彩虹。

「這些花啊！全靠我們倆照顧了，媽最近可忙壞了，而且爸還下落不明⋯⋯」趁著泥土潮溼柔軟，我順手拔了好些雜草。

「爸下落不明？哈哈哈。」姐不只哈哈大笑，接著又吹起口哨來了。

「這有什麼好高興的，今年父親節的主角不在家，連慶祝的機會都沒了。」

「父親節？那妳就寫一封肉麻兮兮的信給爸啊！妳不是在和他通信嗎？」姐把水噴給臉蛋下垂的野薑花。

「肉麻兮兮！妳怎麼這樣說啊？難道妳不想爸嗎？」

「當然想囉！只是啊⋯⋯哈哈⋯⋯」

「神經病！」我轉身，不再和這個瘋瘋癲癲的姐姐

說話。

「鈴─鈴─鈴─」

「茉莉，妳來接手，我去接電話。」

沒等我把水管抓牢，她就衝到屋裡去了。水管變成了一條水蛇，在地上扭來扭去，噴得我一身溼，真是可惡。看她那麼急切的樣子，想也知道是誰打電話來。隔著玻璃窗，我雖然聽不見她說話的聲音，但是她一手拉著電話線，手指在線上轉啊轉的，好像嫌電話線還不夠捲一樣。臉上的表情一下子嬌、一下子羞、一下子嗔、一下子痴，這不是明明白白的告訴大家，I'm falling in love嗎？

「茉莉，來幫忙。」

「喔！」

只見姐把鮮奶倒在盤子裡，然後打了兩顆蛋。

「幫我把吐司拿出來，還有奶油和火腿。」

「妳要做法國吐司！」

「傍晚要去看球賽，」她的聲音溫柔起來了，連眼神也變得撲朔迷離。

「總要帶些點心吧！」

「我可以跟嗎？」

「好哇！他弟弟也會去喔！」

「啥！趙翊宇也要去，我可不想再見到他。」

「隨妳囉！」

奶油的香味從鍋底慢慢的散發出來。爸，你記得電影「克拉瑪對克拉瑪」嗎？達斯汀霍夫曼和梅莉史翠普主演的。電影裡的媽媽離家出走以後，爸爸就負起照顧六歲兒子的責任了，有一天他們就是做這種法國吐司來當早餐的。

我們全家一起看這部影片的時候，你還說「離

家出走實在太沒有責任感了」，媽也同意，她說我們當父母的，一定不能做出這種傷害孩子的事。這些話言猶在耳，怎麼我們家也加入了克拉瑪的行列了呢？

看姐姐做點心的心情變得沉重了起來，她還在旁邊「啦啦啦」的哼著歌。爸，姐談戀愛了，你會不會擔心啊？

「茉莉，我們做一些甜的，也做一些鹹的。」

「喔！」我漫不經心的回答，心情就是快樂不起來。

覺得大人總是說話不算話的

茉莉　敬上

PS.1.今天我們用你寄來的桑椹果醬，搭配法國吐司，風味獨特喔！

PS.2.爸，我決定留在家裡，實在是不願意再和趙

翊宇碰面，等一下我要打電話給李萱，哈！讓

她去陪……嗯，陪姐姐吧！

MENU ＊法國吐司＊

◆ 材　料：吐司、鮮奶、雞蛋、火腿、蜂蜜、果
　　　　　醬、奶油

◆ 做　法：1. 雞蛋和鮮奶打成蛋汁備用。

　　　　　2. 用餐巾紙沾些奶油，塗抹在平底鍋
　　　　　　 裡。

　　　　　3. 吐司兩面均勻沾上蛋汁，放入鍋內，
　　　　　　 用小火慢慢煎至兩面金黃。

　　　　　4. 金黃吐司夾入火腿片，再對切成三角
　　　　　　 形即可。

　　　　　5. 可以塗上蜂蜜或果醬，成為可口的甜
　　　　　　 點。

15. 蘋果派

親愛的爸爸：

昨天是星期五，天還沒黑，媽就回來了，把我和姐姐嚇了一跳。現在想來才知道，我們絕不會平白無故賺到一頓溫馨的晚餐。

「百合，妳手藝好，也會照顧茉莉，總是讓我沒有後顧之憂喔！」我依偎在媽媽的懷裡。

「這得感謝你們，早早就讓我玩柴米油鹽醬醋茶啊！」姐神氣的說。

「這麼說，是我有先見之明囉！」媽也不甘示弱。

「爸也有先見之明。」

一提到爸，媽媽就變成一隻沉默的刺蝟，安安靜靜的，可是全身的刺卻一根根的豎起來。

姐姐瞪了我一眼。我又沒有說錯話，事實就是如此嘛！

「媽，爸又送花又寄果醬，這樣算不算道歉？」

她還是低頭不語。

「媽⋯⋯」我拉拉她的手。

「茉莉，我愛妳。」她在我的額頭上親了一下。

「百合，我也愛妳。早點睡吧！」說完她就上樓了。

「妳很笨耶！好不容易可以和媽聊聊天，沒事妳提爸幹嘛！」

「我想讓他們和好嘛！」

「唉！妳總是想法很好，方法很笨！」丟下這句話，姐也上樓去了。

爸，我又招誰惹誰了？躺在床上，我一直問自己，翻來覆去的想破了頭，很晚才睡著。

早上晚起了，姐姐在餐桌前正襟危坐，還一直盯著我看。

「媽呢？又去公司加班了？」

「茉莉，妳要不要先吃早餐？」

姐姐給我一份培根煎蛋。

「好喜歡媽媽陪我們吃飯喔！」我沉浸在昨晚的歡愉裡。

「……嗯，茉莉，妳靜靜的聽我說。……媽，……媽到瑞士去了。」

我的耳朵裡響起了一陣嗡嗡聲，腦袋裡的零件停止運作了。

「是這樣的。……昨晚媽來找我……她決定接

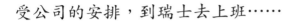

受公司的安排,到瑞士去上班……

　　『百合,不是我要丟下妳們,我反覆思量,覺得這樣的決定是上上策。妳知道爸在外公那兒嗎?』

　　我點點頭。

　　『分開的這段日子……唉!我和他的心都很苦……』

　　『媽,妳真的喜歡李叔叔嗎?』我戰戰兢兢的問。

　　『他就是同事,談不上喜歡不喜歡,可是,他的態度讓我越來越害怕……』

　　『那妳幹嘛老是在爸面前提他呢?』

　　『……有時候就是這樣……朋友比妳爸體貼……,故意氣他的,沒想到……』

　　『沒想到真的把爸爸氣走了。』

媽的淚水一直滑落。

『我想，去了瑞士，他就不會這樣一直糾纏不清，也考驗一下我和妳爸之間的感情。

『茉莉要妳要多費心了，這是她最愛吃的點心，我把食譜留給她。』」

姐姐的話把我的腦子漂白了，我一直以為爸和媽真的是為了中餐和西餐而吵架，沒想到，原來李叔叔才關鍵。眼睛裡關著眼淚的水龍頭，不知怎麼了，打也打不開，一滴淚也掉不出來。胸口緊緊的，像是塞了一顆滷蛋。

「為什麼不叫醒我？」

「媽是怕妳的眼淚讓她走不了。」

「為什麼所有的事都瞞著我？」

「茉莉，妳別這樣嘛！爸就要回來了。」

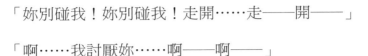

「妳別碰我！妳別碰我！走開……走——開——」

「啊……我討厭妳……啊——啊——」

我不斷的尖叫了起來，好像只有狠狠的叫上一頓，才能抒解我內心的怨氣。我是一顆爆炸的原子彈，蘑菇雲籠罩在我的頭頂，黑壓壓的一朵又一朵。

「妳也知道爸在外公家？」

「知道，……」

「知道為什麼不告訴我？現在媽走了，來不及了……來不及了……一切都來不及了……」我的淚水被姐姐拉扯了出來。

「我討厭妳！走開！」

「茉莉，對不起啦！妳別哭嘛……」

我揪著心，把自己關在媽的房間裡，她的衣櫥也空了。這下可好了，我們家最大的兩座衣櫥都空了。她的衣櫥裡，有股淡淡的香味兒，這個味道讓

我的心走失了，一腳踩了空，不知道自己會掉到什麼地方。伸手胡亂抓了幾條散落的絲巾，絲巾不是被留下來的，是被遺棄的，我和這些絲巾都被媽遺棄了，我把絲巾一條條的往脖子上綁……

爸，媽媽真的去瑞士了……她只留下了一張食譜……

傷心欲絕的

茉莉　敬上

MENU *蘋果派*

◆ **材　料：** 蘋果1個、砂糖適量、檸檬1個、冷凍酥
皮、蛋黃、奶油

◆ **做　法：** 1. 冷凍酥皮退冰放軟，奶油隔水加熱到
融化備用。

2. 蘋果切成薄片，加糖用小火煮至蘋果
軟化，拌入少許檸檬汁醃漬。

3. 酥皮上先刷一層奶油，包入適量的蘋
果餡對摺，邊緣稍微壓緊。

4. 刷上蛋黃汁，灑上芝麻。烤箱預熱
200℃，烤16-18分鐘即可。

卷二　親愛的媽媽

16. 吐司邊巧克力棒

親愛的媽媽：

對不起，過了這麼久才給妳寫信，我實在沒辦法像姐姐那麼冷靜，即使我知道，妳是要跟李叔叔劃清界線，我仍然捨不得妳離我而去。妳在瑞士工作順利平安嗎？好幾次我寫到「親愛的媽媽」就淚流不止，沒辦法繼續下去……

之前的事我越想越不甘心，我找了姐姐算帳，不找她興師問罪，實在難消我心頭之恨。

「妳怎麼知道爸在外公家？」我從來沒有對姐姐這

麼凶過。

　「我猜出來的……茉莉，妳還好吧！」

　「我不好！……妳知道爸在那裡，為什麼不告訴我？」

　「是爸要我保密的啊！不能怪我。」

　「不能怪妳，不能怪妳，……好，那妳說，妳是怎麼猜到的？……妳說啊！妳說啊！」

　「好，我說。爸上次寄了桑椹果醬和醋給媽，上面的包裝紙……」

　「我檢查過了，沒有寄信人的地址。」

　「是沒有地址，但是有戳章，是從台中寄出來的包裹。」

　「……」

　（啊！我怎麼沒看見。）

　「果醬讓我想到

了外公家果實纍纍的桑椹，還有外婆和媽做果醬的樣子。」

（我也有想到啊！）

「所以我大膽的猜測，爸可能在外公家。」

（可是外公上次來也沒提起啊！）

「可是外公上次來並沒有提起，如果我直接打電話問，可能也問不出個所以然來，所以我決定直接殺到外公家，一探究竟。」

「就是那天？」

「對！就是那天，我坐上了開往外公家的第一班車。」

「你怎麼能不帶我，自己一個人去？」

「……萬一東窗事發，總要有一個人留下來應付媽吧！而且……而且……而且我約了趙翊軒……」

天啊！事情竟然……竟然……

「到了外公家，遠遠的就看見爸正在除草，除草機

噗噗噗的響著，爸晒得好黑喔！」

「妳都不告訴我……」

我忍不住掉下淚來，對我來說，這些都是最重要的事，可是我連參與的機會都沒有。大家都隱瞞真相，事情過了我才知道，連挽回的機會都被剝奪了，我氣炸了。

和姐姐吵架的時候，爸過來抱住我，我還是氣得渾身發抖，不停的在他的懷裡掙扎啜泣，淚水和鼻涕弄髒了他的衣服，最後我還狠狠的在他的手腕上咬了一口，爸沒有放開我，反而把我抱得更緊。

當時，我真的失去了理智，真的很生氣，氣你們什麼事都不告訴我。我無能為力，只能看著我們的家一分分的瓦解、一寸寸的消失。

爸爸是回來了，可我不要他在這個時候、這樣的情況下回來，這和我心中的期待真是南轅北轍，

相去十萬八千里。我要爸爸在妳還沒離開的時候回來，我要爸爸回來的時候妳也在家。我討厭現在這個樣子，討厭家裡有兩座空空的大衣櫥。

媽，我選了那條被妳留下來的天藍色絲巾帶在身邊，或當成頭巾來綁、或當成腰帶來繫，天冷時還可以當成圍巾，把它纏在脖子上，好讓我時時刻刻感覺妳的體溫。

每次做三明治，妳都會把吐司的邊切下來。小時候，我拉著妳的衣角問為什麼？妳說，這樣三明治的口感才不會被硬邊卡住。結果，吐司邊被妳變成了巧克力棒，當成了下午的點心。妳是童話故事裡的仙女，疼我愛我，我喜歡當一顆明珠，被妳捧在手掌心呵護。妳還是故事裡法術高強的巫婆，總把最不起眼的東西，變成盤中的美味。

現在，仙女翩然的走了，連巫婆也消失得無影無蹤……

想您、愛您、念您的

茉莉　敬上

PS.我們全都搬到外公的農場住了。

MENU ＊吐司邊巧克力棒＊

◆材　料：吐司邊、巧克力塊

◆做　法：1. 把吐司邊的白色面朝上，放進烤箱，
用180℃烤5分鐘。

2. 巧克力放在塑膠袋內壓碎，倒在大碗
裡，隔水加熱至融化成巧克力醬。

3. 烤好的吐司邊，四面沾上巧克力醬，
留下末端2-3公分，方便拿取。

4. 靜置在鋪了烘焙紙的烤盤上，放入
冰箱冷凍約10分鐘，待巧克力凝固即
可。

17.海鮮酥皮濃湯

親愛的媽媽：

昨天我聽到他們在商量，打算把台北的房子賣掉，從此以後就住在外公的農場。妳不在家了，大夥兒住在一起，也好有個照應。我和姐姐也和好了，畢竟……，誰也不能怪誰，我們姐妹情深呢！

妳知道我從來都沒有放棄兒童餐廳的夢想，現在，我決定跟著外婆學做菜，繼續為餐廳而努力。

媽，妳會改變心意回來嗎？沒有人想要一個不完整的家。一提到瑞士，外婆的淚眼就如雨點般的滴落；外公會含上菸斗，逕自在偌大的花園裡走來

走去;爸爸不是安安靜靜的在工作室裡畫畫,就是在花園裡照顧他種的那一大片瑪格麗特;我呢?時常在床上昏睡,醒來時,總忘了自己在什麼地方;姐姐一直在廚房裡忙,做一堆吃的東西。可是,不知道是她的手藝退步還是怎麼著,餐點總是剩下一大堆,連小黑和黑皮都不吃。

這兩隻黑狗,土狗小黑妳是知道的,年事已高,常常懶得動,給牠食物,牠想吃就吃上兩口,不想吃就拖著懶散的步伐,趴在大門口,睡牠的大頭覺。臘腸狗黑皮出生才四個月,是附近的鄰居送給外公的。牠只吃外公精心調製的麥片粥──高級燕麥片、剁碎的豬皮和絞肉,還加上半碗的鈣粉。這樣煮出來的粥真的很香。每次粥還在鍋子裡攪拌,小黑皮就在外面又叫又跳了,像是一個轉個不停的陀螺。如果妳看到牠可愛的模樣,一定也會忍不住會愛上牠。

媽，外婆瘦了一大圈，除了捨不得妳以外，她還忙著給大家調養。一下子研究食譜，一下子上市場採購，看得出來，她是用忙碌來忘卻離家遠去的女兒。

　　「我們今天來做個酥皮濃湯，以前啊！妳媽媽最愛喝這個湯了……」

　　我真怕外婆又要掉眼淚，趕緊問：「是西餐廳那種上面鼓起來一塊麵包的湯嗎？」

　　「是是是，我們自己做的真材實料，湯鮮味美，氣味濃郁，牛奶香和著奶油香……」

　　聽外婆這樣滔滔不絕的說，心中不禁暗自竊喜，總算轉移她的注意力了。

　　「茉莉，把我買的濃湯塊拿出來，……對，在藍色的購物袋裡……，鍋子裡放個六杯水吧，然後把水燒開。

「冷凍酥皮拿出來退冰……，花枝洗乾淨，切成圈圈狀……

「蛤蜊放入清水裡，加一些鹽巴吐沙，蝦仁、蟹腳肉、什錦蔬菜包拿出來備用。」

外婆一邊教我切花枝，一邊讓蛤蜊把沙子吐乾淨。

「這什錦蔬菜包裡面有紅蘿蔔、黃玉米、青豆仁和馬鈴薯，顏色好漂亮喔！」我望著五顏六色的蔬菜說。

「嗯！茉莉真是越來越有眼光喔！這是配色用的，當然也給濃湯加一些蔬菜，添一些風味。」

「把這些東西都放進去煮，很容易熟的，濃湯塊要攪拌均勻喔！……起鍋前加一些鮮奶……對對對，就是這樣……

「好啦！把濃湯盛到馬克杯裡，蓋上酥皮，刷上蛋汁，放到烤箱裡……」

我很有耐心的等在烤箱外，看著酥皮慢慢的膨

漲起來。在濃郁的香味中，想到外婆是不是也曾經這樣細心的教妳？媽，妳會懷念兒時的味道嗎？

用心學習的

茉莉　敬上

MENU ＊海鮮酥皮濃湯＊

◆ 材　料：花枝、蝦仁、蛤蜊、什錦蔬菜、濃湯塊、奶油、鮮奶、蛋、冷凍酥皮

◆ 做　法：1. 花枝洗淨切成圈圈狀。

2. 蛤蜊放在清水裡吐沙後，煮熟，把肉挖出來（湯汁加入濃湯裡提鮮）。

3. 水煮滾後，放入濃湯塊使其融化，加入什錦蔬菜、海鮮，小火煮開。

4. 加一小塊奶油，倒入鮮奶，拌勻熄火。

5. 濃湯盛入馬克杯約七分滿，蓋上酥皮，刷上蛋黃汁，置入烤箱，烤至酥皮膨起呈金黃色即可。

18. 虎咬豬

親愛的媽媽：

關於我們在台北的房子，已經決定委託房屋仲介公司處理了，大家都贊成，只有姐姐有意見。

「台北的房子有著我們很多的回憶耶！就這樣離開，感覺上好像……太沒有感情了……」

大家都看著她。

「我的意思是說，如果我們搬到這裡來，就要辦轉學，不是挺麻煩的嗎？要不要等我們的學業告一段落，再來搬家。」

「我正好國小畢業，是一個結束……，反正那個房子是一個傷心的地方。」我聽見自己冷漠又平淡的聲音。

「可是我很捨不得我的同學。」

我們同時望著姐姐，直把她的心思看穿，她有一點臉紅。

「我們不可能讓妳獨自住在台北，只能請妳的同學放假時到這裡來玩。」爸爸的語氣很輕鬆，可是也很堅定。

客廳裡的空氣停了半晌，大家紛紛把心事藏在沉默裡。

「我想把八百坪的園子做一些整理和規劃。」爸爸打破沉默，攤開手上的設計圖。

「原有的果樹保留，但是花要多種一些。」

「百合和茉莉是一定要種的。」

「茉莉歸我。」我叫著。

「茉莉花苗明天就會送過來。」爸爸點點頭。

「百合得自己播種，種子已經準備好了。」

他拿出一個玻璃瓶，瓶子上綁著穿過紙片的細麻繩，上面寫著「鐵炮百合」。

　　媽，我拿起那個瓶子，就著窗外斜照的陽光，凝視著裡面的種子。這是我第一次看到百合的種子，薄薄圓圓的一小片，褐色。圓心部分稍厚，生命好像就在那個小小的隆起處孕育。

　　玻璃瓶在斜陽下亮亮晶晶的，我想到孕育我的兩個人。這兩個我生命中極為重要的人，為麼不能同時和我生活在一起，妳和爸一定要這樣輪流出現嗎？突然有一股想哭的衝動，真怕不爭氣的眼淚會流出來，我趕緊眨眨眼，把淚水擠回去。

爸爸說完他那個偉大的計畫，輕輕的吐了一口氣，大家又是一片靜默。我的眼睛穿過落地玻璃門，凝視著那一片翻鬆的泥土，想像滿園的茉莉，我要把希望耕種在這塊土地上。

　　風輕輕的吹，草地低聲吹起黃昏的口哨，芭蕉葉搖著大耳朵一派輕鬆，空心菜讓風按摩得舒舒服服的。安詳、寧靜充滿在空氣之中，期待、希望在我們的心中升起。爸爸緩緩的站在我們身後，摟著我和姐姐的肩膀。姐姐把臉頰靠在他的手上摩娑，我把手覆在他的大手上，這一刻，我多麼希望妳會從大門翩然的走進來。

　　我忘了暮色是怎樣覆蓋大地的，從廚房裡傳來的香味喚醒了我的知覺。姐姐蜷在椅子上睡著了，外公和爸爸正在花園裡，一邊看著設計圖一邊比劃，我趕緊到廚房去幫忙。

　　烤肉的香味，讓人忍不住深深的吸了一口氣。

外婆在電烤盤上，把一片片里肌肉翻烤得香味四溢。

「茉莉，來幫忙把這些烤好的肉片，夾到盤子裡。」

我嘗了一口，鮮嫩多汁，入口即化。

「外婆，好好吃喔！」

「妳這個貪吃鬼！……以前妳媽媽也是這樣，一邊幫忙，一邊偷吃……」

啊！糟糕，外婆又想起媽媽了，這次，來不及阻止她的眼淚了。我過去摟著她的肩膀：「外婆，我愛妳，我陪妳。」我幫她抹去臉頰上的淚水。

「到後院去摘一些紫蘇的葉子來吧，等一下就要開動了。」外婆吸著鼻

子，把我推出門外。

　　媽，我的眼淚一直忍到院子裡才流下來，每摘一片紫蘇葉，我就念一次我愛妳，一共念了二十四次，摘回一把紫蘇葉。

　　今天我們吃的是自家首創的虎咬豬，捨棄傳統的五花肉、酸菜、花生粉。如果妳在家，一定也會喜歡這樣不油不膩的餐點。

　　媽，我決定收拾起悲傷的心情，好好的過日子，等妳回來時，我會是一個全新的茉莉。

對未來充滿期待的

茉莉　敬上

PS.爸爸種的瑪格麗特，長出很多小花苞了喔！

MENU ＊虎咬豬＊

◆ 材　　料：豬里肌肉片、新鮮紫蘇葉、刈包

◆ 調味料：蒜泥、薑汁、胡椒粉、胡麻油、醬油

◆ 做　　法：1. 里肌肉片以肉捶拍散筋脈，用調味料醃漬，抓揉入味。

　　　　　　2. 一邊把肉片煎熟或烤熟，一邊把刈包蒸熱。

　　　　　　3. 紫蘇葉洗淨瀝乾備用。

　　　　　　4. 把肉片、紫蘇葉夾入刈包內，趁熱食用。

19. 南瓜饅頭

親愛的媽媽：

　　茉莉花苗送來了，足足有三十棵之多，有單瓣、複瓣、重瓣三個品種。我們忙了二個多鐘頭才把花全部種好。

　　「爸，怎麼都沒有花苞呢？」

　　「這只是花苗啊！勤施肥，多澆水，很快就會長出更多枝條。假以時日，季節一到，『芬芳美麗滿枝椏』指日可待。」爸爸抹去額頭上的汗水說。

　　「茉莉，有空可以查查資料，看看茉莉花要施什麼

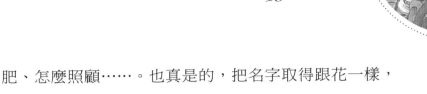

肥、怎麼照顧⋯⋯。也真是的，把名字取得跟花一樣，叫一叫都會錯亂。」

這後半句，爸嘟嘟嚷嚷的，像是在自言自語。

「百合，唉！又是一種花，」我聽到爸小聲的說。

「下午就輪到妳了。現在先來處理別的。」

　

花園裡要種十棵桂花樹，得挖上十個大洞。送來的桂花根部留了好大一坨土塊，全用稻草給包了起來，綁得紮實。

外公和爸爸輪番上陣，圓鍬一上一下，泥土被翻了出來，花了好大的工夫，十個澡盆大的洞才挖好。接著，一個蘿蔔一個坑的把桂花種下，再把土填平，這時早已日正當中了。

累得吃不下飯的兩位壯丁，喝了水，解了渴，就在客廳的大理石椅子上呼呼大睡了。我們三個女生，悄悄的吃完午餐，悄悄的收拾碗筷，悄悄的揉

麵做饅頭，等外公和爸爸醒了以後，可以給他們填肚子。

忙完了以後，我去看了早上種的茉莉花。原本綠油油的葉子，被豔陽折磨得奄奄一息，每一棵都倒地不起，像是黑皮怕熱的舌頭，直喘息。

我急得拉直了水管，把水龍頭打開，想給失去水分的葉子灑上甘霖。可是水一直不來，轉頭一看，原來是爸爸把水給關起來了。

「太陽這麼大，不能隨便給植物澆水喔！」爸爸笑呵呵的說。

「水溫和氣溫差太多了，這樣洗三溫暖，他們很快就會一命嗚呼了。」

「可是，爸，你看他們一副口渴的樣子……」我著急起來了。

「別擔心，剛種下的植物都會這樣，總得給他們一

点時間適應土地嘛！等到傍晚再來澆水，對他們會比較好。」

「現在，我們先來種別的。」

「咦！種葉子？」

「嗯！種『葉子』。」

我心裡納悶，兩三片大大扁扁的葉子連在一起，第一片下端都留著一小段葉柄，葉片邊緣有著起伏的小波浪。

「爸，這些連在一起的葉子是什麼啊？」我問。

「葉子就是葉子啊！」看起來爸爸是要賣關子了。

「來，很簡單種的，只要一枝枝的插在沙土裡就行了。」

這時我才注意到，這些在圍籬邊的泥土，含沙量確實比較多。

「兩株之間要保持距離，他們可是很會長的。」

我知道這種繁殖的方法叫做「扦插」，直接選用粗

壯的枝幹、莖或葉，插入土裡，注意陽光、溼度，他們就會發芽，長出新的植株。

不知道這些葉子，會開什麼花？

「百合，換妳的種子了！」

「妳先把種子種在育苗盆盤裡，發芽後長到三、五公分，再移植到園子裡。」

午後四點鐘，爸爸給姐姐好幾十個黑色的育苗盤，每個盤子都有十來個凹洞，每個凹洞底部都有一個排水孔。我幫忙把培養土填充在洞裡，每個洞埋進一顆種子。直到太陽落到地平線下面，天空的彩霞也由金黃、橘紅、粉紫，轉為灰褐、湛青、靛藍，才全部完成。姐姐拿了噴水壺給種子澆水，我的心中湧起了無限的期待。

「吃飯囉！」外婆的聲音乘著夜風流過。

黑暗中，爸爸像尊雕像一動也不動，站在瑪格

麗特花園裡。最近他總是這樣，靜靜的凝望著那片
即將綻放的花海。我們走過去，站在他的身旁。

「爸，媽和李叔叔真的沒有什麼，媽只把他當同事
和朋友而已……」姐姐突然冒出來的話，讓我嚇了一大
跳。

「媽會去瑞士，就是不願意再讓他糾纏不清，她還
說『要考驗你和她之間的感情』。」

爸一句話都沒說。

「爸，什麼是體貼？」我問。

「體貼？體貼就是……妳問這個幹
嘛？」

「你先說，是我先問你的。」

「體貼就是睡覺前抱抱妳、
親親妳，幫妳蓋蓋被子；燒妳愛
吃的菜給妳吃，陪妳做妳喜歡的

事⋯⋯」

「那你有沒有幫媽媽蓋被子？你有沒有抱抱她、親親她？你有沒有燒她愛吃的菜、陪她做她愛做的事？」

「⋯⋯她一直精明能幹⋯⋯我不知道⋯⋯她⋯⋯」這些斷斷續續的話，從爸爸的齒縫裡蹦出來。

「爸，我好想媽喔！」

「我也是。」姐姐說。

我的雙眼又迷濛了起來：「我真怕媽媽再也不回來了。」

「不會的，茉莉，妳想太多了，媽媽一定會回來的⋯⋯」爸爸撫著我的頭髮。

小黑拖著緩慢的步伐，繞到我們旁邊，牠舔了舔我，又舔了舔姐姐。我蹲下去順了順牠的毛，拍拍牠的頭，輕輕的說：「小黑，謝謝！」

「姐，我累了，想睡一下，你跟外婆說一聲。」

外婆拿了幾個南瓜饅頭上樓，我聽到她的腳步聲，趕緊翻過身去閉上眼睛，假裝睡著了，她只好又端著饅頭悄悄的下樓。

外婆，對不起，我只想一個人靜一靜，把媽媽種種的好想過一遍。

媽，想妳的聲音、想妳的笑容，就連妳不高興樣子，我都懷念不已……

愛您的

茉莉　敬上

＊南瓜饅頭＊

◆ **材　料：** 中筋麵粉三杯、南瓜汁一杯、酵母粉
　　　　　1.5小匙。

◆ **作　法：** 1. 將所有材料混合，開始揉麵，至麵糰
　　　　　　　表面光滑，不黏手。

　　　　　2. 麵糰放入大湯碗中，覆上保鮮膜，使
　　　　　　　其發酵一小時（用手指壓下麵糰，麵
　　　　　　　糰的凹痕不彈起，表示發酵完成）。

　　　　　3. 在工作檯上灑些麵粉，搓揉麵糰成長
　　　　　　　條形，並切成十二等份。

　　　　　4. 每一塊麵糰整成自己喜歡的形狀，覆
　　　　　　　蓋一塊扭至不滴水的溼布，靜置10分
　　　　　　　鐘。

　　　　　5. 麵糰底部墊上一片防沾紙（或棉
　　　　　　　布），大火蒸20分鐘即可。

20. 冰鎮桂花酸梅湯

親愛的媽媽：

　　上個月桂花樹開花了，清香沁人心脾。我們在樹下鋪了一大張白紙，學起了琦君女士，搖落一地桂花雨。

　　「這桂花可好用呢！」外婆又念起傳家絕活兒了。

　　「把小花收集起來，花點心思，可以釀出畫龍點睛的好滋味兒。先來做桂花釀，到時候，我們就有冰鎮桂花酸梅湯可以喝了。」

為了怕糖漿燒焦，我和姐姐輪流攪拌，外婆觀察糖色，調整火力。大約過了半個小時，糖漿終於變成晶瑩剔透的琥珀色。拌入桂花時，因為糖漿濃稠，所以花瓣均勻的飄散其中。外婆高興的說，「這次的桂花釀做得成功極了。」

　　我們還留了一些烘過的桂花給外公，他把花和茶葉一起封存，將來泡的茶，就會飄著桂花香了。

　　一直忘了告訴妳一件事，爸爸真的在學素描了。每個禮拜三下午他到畫室去，開開心心的出發，高高興興的回來，彷彿除了種植以外，畫畫就是他最期待的事了。

　　他的手長了很多厚厚的繭，指甲縫塞著永遠洗不乾淨的泥土渣，實在很難想像他拿著畫筆的樣子。

　　工作室裡，掛著好幾張鳥兒的素描，有綠繡眼、麻雀、白頭翁……，都是這裡常見的鳥，除了

那隻領角鴞以外。

我常常站在領角鴞的前面凝視著牠，牠用一種犀利穿透的眼神望著我。在那一片穿透裡，我看見一望無際的沙灘，貝殼裡有妳的笑聲；還有一根根點亮的蠟燭，映著我們的生日蛋糕。

媽，我真的不知道，是領角鴞看穿了我的心，還是牠正在翻閱我的記憶？只知道與牠對望之後，埋藏的心事，一層一層的被剝開，一層一層的脫落，感覺很疲憊，但有一種解脫的感覺。

最近爸爸開始畫植物了，凡是園子裡種的，花、果、實、葉、根、莖……，活的、死的、枯的、新生的，他通通都畫。有時候我會有一種錯覺，覺得爸爸種花的時候也是在畫畫。土地是他的畫布，那些鏟子、圓鍬、鋤頭、水管是他的彩筆，筆觸時高時低，錯落有致；或濃烈、或輕巧、或柔

嫩、或堅毅；有時嬉笑、有時嚴肅，有時歡樂、有時落寞。這一切的一切，都讓我目不暇給。

悄悄的告訴妳（爸不准我說，可是我覺得妳應該要知道），外公家已經不是以前的那個樣子了。舊的鐵皮屋拆掉了，取而代之的是一棟二層樓的木屋，窗戶設計成窗櫺的樣式，一格一格的排列，我超喜歡的。每天，由內往外推開窗戶時，我都有一種重新開始的感覺。房子的屋頂挑高，用木梁撐起，我們睡在二樓。當早晨的陽光在窗櫺上跳舞時，就有一種住在閣樓裡的浪漫。

啊！不能說太多，木屋留給妳自己去想像，聰明如妳。

今天，爸爸上完素描課，帶了他的老師——王老師回來。她紮了兩條辮子，一身黑衣黑褲，唯一的點綴是綁在辮子上的紅色蝴蝶絲帶。

她一來就對木屋的樣式讚不絕口。

　　「原木的感覺溫潤，木屋的風格典雅，讓人感覺簡單樸素了起來。」王老師站在屋前認真的說，爸在一旁直點頭。

　　「種了這麼多香花，一年四季香氣襲人。」在花園裡逛的時候她說。

　　「喔！我最喜歡玉蘭了。」她從樹上摘下一朵花，斜插在髮鬢上。

　　姐姐在她背後翻了個白眼，連個問好都沒有，就上樓去了。

　　外公出來打招呼，說是外婆身體不舒服，不能好好招待她，「還請老師見諒」。

我趕緊上樓去看外婆，只見她和姐姐在房裡有說有笑。我知道是怎麼回事了，下樓看緊爸爸和王老師。

　　只見王老師在木屋前架起了畫板，就著昏黃的暮色畫了起來。木屋一點一滴的在紙上出現，色鉛筆給天空上了雲彩。木屋在畫裡慢慢的鮮活了起來。

　　晚上我給外婆和姐姐送上飯菜（她們說什麼也不願意和「她」一起吃飯）。這一餐王老師吃得眉開眼笑，外公還開了紅酒，她喝得臉頰泛紅，對著爸爸直笑。飯後，爸對我呶呶嘴，我上前扶著她，讓她坐在後座，我陪著爸開車，送她回家。

　　今晚，王老師那個望著爸爸的酒醉笑容，擾得我無法入睡，只好摸黑到姐姐的房間。

　　「姐，爸爸會愛上別人嗎？」我想到李萱的爸爸。

「不會吧！」

「走，去看看爸在做什麼？」

我們輕輕的溜到工作室，裡面的燈光還亮著，他正在畫一顆海灘球。

媽，這顆海灘球妳一定還記得。今年初春，我們開車去墾丁，受不了南台灣陽光和白沙的誘惑，就買了一顆海灘球。爸爸去停車，妳迫不及待的給球吹了氣，我們就在沙灘上遊玩、追逐、嬉戲。那一天真是難忘啊！

「搬家時我一直找不到這顆球，原來是在爸這裡。」

爸爸對我笑了笑，神情又專注的回到畫上。

「可以把球拿起來看一看嗎？」姐姐問。

爸爸點點頭。

「我睏了，先睡了，幫我把球放回桌上，千萬不可以把氣放掉。」

「百合，聽到了沒？」爸再次提醒，姐姐正把球一拋一接的玩著。

我拿起爸的畫，海灘球安安靜靜的停在畫裡。順著球的弧度，爸寫了行小字，歪歪斜斜的：這裡永遠收藏著妳的氣息。

媽，我笑了，這樣，我可以安心睡覺了。

希望時間停留在海灘的

茉莉　敬上

PS.1為了給王老師醒酒，我們煮了桂花酸梅湯給她喝，外婆因此還嘮叨了半天，說是浪費了她的桂花釀……

PS.2爸爸畫的海灘球讓我給掃描成圖檔了，寄給妳

一起回味，回味笑聲、奔跑和追逐……。

MENU ＊冰鎮桂花酸梅湯＊

◆ 材　料：新鮮桂花一碗、蜂蜜、冰糖適量、玻璃
　　　　　罐一個、酸梅湯材料一包

◆ 做　法：1. 玻璃罐洗淨，用熱水煮過或燙過，烘
　　　　　　　乾。

　　　　　2. 桂花輕輕的用水漂洗，瀝乾，用烤箱
　　　　　　　低溫烘烤，去除溼氣。

　　　　　3. 冰糖加水用中火先煮到冒大泡泡，加
　　　　　　　入蜂蜜續煮。再冒泡泡後，改小火熬
　　　　　　　煮至濃稠狀，加入桂花一起熬煮。溫
　　　　　　　涼後，裝罐封存，即成桂花釀。

　　　　　4. 煮酸梅湯，加冰糖與桂花釀調味冷藏
　　　　　　　後，就是可口的冰鎮桂花酸梅湯了。

21. 味噌烤魚

親愛的媽媽：

吃過午餐，姐姐對我說：「茉莉，等一下我們和爸爸一起去畫畫好不好？」

哦！我不知道姐姐也喜歡畫畫。

「好好好，妳們一起去，家裡可以清靜些。」外婆眨眨眼。

「嗯！有興趣大家一起來，王老師教得很棒喔！」

「妳們可要負責保護爸爸喲！」外婆靠在我們旁邊咬耳朵。

保護！喔！我懂。

出門的時候，外婆又對我們面授機宜，什麼要坐在爸爸的旁邊啦！別讓那個老師牽著爸爸的手畫畫之類的，一邊說，還一邊瞅著爸。接著，爸爸在外婆的耳畔說了一句悄悄話，就開車去了。

「啊！忘了帶素描筆了，等我一下！」我開了車門往屋裡衝。

一會兒我又衝回來：「不好意思，不好意思！可以出發了。」

「茉莉，搞什麼鬼啊！素描筆在我這兒呢！」姐小小聲的說，我對她吐了吐舌頭。

「姐，」車在山腰上彎彎曲曲的走，我們在車上搖過來晃過去。

「什麼是愛佈魚啊？」我跌坐在姐姐身上問。

「什麼跟什麼？」她靠到我這邊問。

「剛才爸爸對外婆耳語：『蒸愛佈魚』，……可能

是今天晚上的菜色喔！」

　　我就是回去問外婆，爸爸到底跟她說了些什麼。

　　「愛佈魚？」姐搖搖頭，想了半天，真的沒聽過。

　　「妳問爸啦！」我又被彈了過去。

　　「爸，茉莉問你，什麼是『愛佈魚』？」我給了姐姐一個白眼。

　　「什麼？什麼魚？」山路轉了一個大彎，我們也在車裡轉了一大圈。

　　「你不是跟外婆說，晚上要吃『蒸愛佈魚』？」

　　「蒸─愛─佈─魚！」終於來到山下的平路了。

　　「喔！對！晚上是要吃愛佈魚。這愛佈魚是一種肉質甜美的魚。最特別的是，他們一生只認定一個伴侶……」

　　我覺得爸根本是在胡扯，哪有這麼專情的魚，我從來沒聽說過。

王老師的畫室看起來很專業，木質地板，簡單的長條桌椅，牆面上貼滿了學生的作品。矮櫃裡，排滿了美術書籍，另一面牆，全部都是收納櫃。她拉開收納櫃的時候，我們真的是大開眼界了。

　　粗粗細細、五彩繽紛的彩色筆、麥克筆、色鉛筆，一枝枝直挺挺的站立在筆筒裡，看起來精神抖擻；粉蠟筆、粉彩筆，擦著一張粉臉，一盒盒漂漂亮亮的排列著，豔麗繽紛；水彩、油畫、壓克力顏料，或飽滿或壓擠，一罐罐大大小小的堆疊著，起落有致；各種顏色、各種材質、各種大小的紙張，一張張井然有序的排列在架上。

　　呼！這還只是其中的一個櫃子，另一櫃更是精彩。

　　玻璃瓶、鋁罐、酒瓶，各種水果、蔬菜模型，塑膠花、假盆景，貝殼、玩偶、石膏像，還有很多無法歸類、雜七雜八的東西，乍看之下頭昏眼花，

還以為到了資源回收場呢！原來這些都是蒐集來給學生練習畫素描的。

「茉莉、百合，妳們過來坐這裡。」王老師指著爸爸對面的椅子。

「不要，我要跟我爸坐。」姐姐把我按坐在爸爸右邊的椅子上，她自己坐到爸的左邊。

「妳們兩個人初學，要和爸爸分開練習……」

「人家就是想要和爸爸坐在一起嘛！」

「百合！」爸的口氣很嚴肅。

「你凶我！」

「沒關係沒關係，孩

子喜歡就好。」王老師打起圓場來了。

　　媽，爸爸今天用色鉛筆畫貝殼，我跟姐姐練習拉線條和處理顏色的深淺。搞不懂這是什麼基礎練習？實在無聊。我瞇著一隻眼睛看著爸，他聚精會神的作畫，不是仔細盯著貝殼瞧，就是認真的在紙上塗抹。

　　王老師的眼睛一直沒有離開爸爸，她好像把他當成藝術品一樣的欣賞。她的臉上，沒了那晚的醉意，只是微微笑，笑容裡有著花蜜一樣的甜味，還帶著融化奶油的溫度，我看了很不喜歡。

　　畫室裡只有我們四個人，如果我和姐沒來，那不就只有她和爸……。難怪爸爸需要保護，要不然他被別人融化了我們都不知道。媽，你放心，我們會把爸爸顧得好好的。

「回來了！課上得怎麼樣啊？」外婆把我們迎進門。

「好極了！」我給外婆使了一個眼色。

「我餓死了，晚上吃什麼？」

「妳這丫頭，就會喊餓！」

「哇！好豐盛喔！」

桌上的菜，香得我們口水都要流出來了。

「魚呢？蒸愛佈魚呢？」我在餐桌上找尋。

「今天晚上沒有蒸魚，只有烤魚，今天的鮭魚可是新鮮又肥美，配上味噌的香氣，最合適了……」

晚飯過後，爸爸一語不發，就鑽進工作室了。我從門縫偷看，裡面只有桌上那一盞昏黃的檯燈亮著。他又畫畫了。花瓶裡插了一枝瑪格特麗，燈光穿透白色的花瓣，把花瓣上的紋理照得清晰透明。

「茉莉，進來吧！」

什麼事都瞞不過他的眼睛。我靜靜的站在他的後面，看著他畫畫。

黑色的紙上，孤伶伶的立著一枝瑪格特麗。花朵在黑夜裡孤寂的綻放，粉白如珍珠般的純潔，剔透晶瑩。

然後我看到一些小字，陪在瑪格特麗旁邊——真愛不渝。

真愛不渝？是「真愛不渝」！啊！……原來真的沒有愛佈魚。

一直會錯意的

茉莉　敬上

PS.我把瑪格麗特的「真愛不渝」寄給妳欣賞，希望妳會喜歡。

✕ MENU ＊味噌烤魚＊

◆ 材　　料：鮭魚、味噌、米酒

◆ 做　　法：1. 用米酒把味噌調開。

2. 鮭魚洗淨、用紙巾擦乾。

3. 把魚放入味噌中醃漬一小時。

4. 放入烤箱，烤至微焦，飄出味噌香味
　　即可。

22. 香煎蔬菜餅

親愛的媽媽：

上次跟妳提到扦插的葉子，就是種在圍籬邊的那一些，現在已經從底部長出根來了。更好玩的是，葉片的凹陷裂縫處，還會長出一片一片的新葉，就這樣，葉子疊著葉子，構成了一整棵植物。真的很奇妙，這種葉子疊疊樂的生長方式前所未見。

我帶著求知的顯微鏡和好奇的放大鏡，到圍籬邊來看她，她從沒讓我失望過，天天上映新的戲碼。這幾天，我發現有些葉片的凹陷裂縫處，長出

來的不是葉子，是小小的、圓圓的、粉粉白白透著淡紅色的小球，一顆顆圓滾滾的像珍珠一樣，難道是她的果實？

不對，沒有開花怎麼會結果？啊！難不成是花苞？

「爸，你看這一顆顆的是什麼啊？」我把爸爸拉過來。

「嗯，我來瞧瞧！」

「呵呵！妳看像什麼呢？」

爸爸左手橫在胸口，右手肘靠在上面，手指撫著下巴，一副認真思考的樣子。

「啊！像不像……」

他伸出食指，勾勾我的耳朵，然後啞巴啞巴的在我的耳畔低語。

我抬起頭來看著姐姐，噗哧一笑：「像極了，像極

了！」

「你們說什麼悄悄話？」姐姐抗議。

「不能說。」爸爸搶在前面警告，我搶在警告前開跑。

「茉莉，別跑！妳給我站住。」

姐姐追上我，把我壓在草地上呵癢，連黑皮都跑來湊熱鬧。

「好，我說……我說……」我笑得喘不過氣來。

「爸說……」

「茉莉！」爸爸在旁邊叫著。

「茉莉！」姐姐伸出魔爪。

「好！爸說……那一顆一顆的……等一下，先讓我起來……」

姐放開我，讓我爬起來，我好整以暇的拍拍衣裳。

「快說！」

「爸說，那一顆一顆的……，活像妳臉上的青春

痘。」

我趕緊一溜煙跑得遠遠的。

「爸！你怎麼欺負人家啦！青春痘又不是我願意長的！」

「好啦好啦，別生氣嘛！大家好久沒有這樣開懷的笑了，不是嗎？」爸大聲的說。

「也對啦！可是為什麼是我被犧牲、被消遣？」姐大聲抗議。

「對不起啦！乖女兒。」

「下不為例。」

「是的。」爸爸耍寶似的給姐姐行了一個舉手禮。

「慢慢再觀察幾天吧！看看這些青春……嗯痘，會怎麼長！」看來爸爸對這植物的底細，還是不肯鬆口。

果真，「小珍珠」的樣子變了，長長了，很快的就像我的拇指一樣大。

「啊！是火龍果啦！」我恍然大悟，衝到後院的果

園區，仔細看著被水泥柱和輪胎架高的火龍果。

「真的，花苞很像耶！」

一朵朵大大小小的花苞，掛在長著刺的三角柱莖上。

「花苞是很像，可是火龍果沒有葉子，他們的莖也不相同。」我和姐姐不停的討論著。

我們又來來回回，前院後院的跑了好幾回，發現他們真的很不相同。火龍果莖上的刺，發出警告，恫嚇著我們，千萬不要輕易觸碰；可是前院的植株，柔軟波浪的葉片，卻常常招喚我們輕柔的撫摸。不只如此，不知名的花蕾下面，還拖著漸長漸長的花筒。

「好吧！繼續觀察後續發展囉！」我望著包覆在花筒外，一條條絳紫色的線狀裂片說。

媽，我們會密切注意這些花蕾的動向，有什麼新的進展再跟妳報告。

再告訴妳一個好消息：姐姐的鐵炮百合發芽了。一片片嫩綠綠的葉子，從泥土裡不斷的冒出來。細細長長的葉片，像是做伸展操一樣，展露生機。

閃在陽光下的綠葉，耀眼動人。綠得那樣奔放、無憂，綠得那麼燦爛、無慮，好像只要一直這樣生長下去，就無怨無悔。那一片綠意盎然，完全迷惑了我們。

姐姐查了資料：用種子繁殖的鐵炮百合，要一年以後，球莖夠大，才會開花。於是我們從園藝店裡訂購了一些大球莖，種在園子裡。

不久之後，種下的球莖也冒出芽來了。太陽伸出溫煦的手，不斷的拂拭新綠，植株一直往上竄升。我想，很快的，花苞就會悄然冒出。

還有還有，我們在花園東邊的角落，挖了一個小水塘，大約是小時候，我們那一個可以給六個小

朋友玩水的、充氣的、塑膠的游泳池那麼大，有五十公分深，我們放養了一些孔雀魚。

池邊種下從舊家挖回來的野薑花塊莖。野薑花長得好極了，根深葉茂的圍著小水塘，空氣中彷彿又要彌漫著她獨特的幽香了。

玉蘭和含笑樹上住進了令人憐愛的小客人——綠斑鳳蝶的幼蟲。兩週前的小毛蟲頭大大的，裹著深咖啡色的外衣，長著三對米色的肉刺，他們蠶食嫩葉，模樣可愛得不得了。現在，牠們已經蛻皮變成了翠綠色，身材肥嘟嘟的，用細細的沙沙聲啃食葉片。

我們一點也不在乎玉蘭葉被咬得坑坑疤疤，因為這些斑駁，就是大自然最有生命力的展現。關於牠們的羽化，我真是等不及了。蝴蝶總能讓空氣流動起來，讓眼睛跳動起來，讓心情歡愉起來，讓生命飛躍起來。

媽，如果妳回來加入我們，多好。其實，我們都是缺了一角的圓，一直在等待。而妳，就是我們等待的那個缺角，只有缺角回來了，吻合的鑲嵌上，我們的生命才會圓滿。

媽，媽，媽……，我忍不住要聲聲的呼喚……，等待妳的歸來，是不是比等待種子發芽或植物成長更漫長、更艱辛？

外公、外婆最近迷上了漂流木，他們總在颱風過後，開著小貨車到海邊去尋寶，一去就是一整天。天黑後，一整車的漂流木，長的、短的；寬的、窄的；直的、彎的，通通往家裡送。

經過巨浪的沖刷，大海的洗禮，這些浮木都被削去了稜角。光滑圓潤的枝幹，帶著不

規則的邊緣，各個都有獨一無二的造形。這些百變的風貌，渾然天成，絕非一刀一斧可以雕鑿出來。

我們把這些樸質的木頭，當成積木，拿來組合。拼出滿意的樣子以後，用釘子釘牢，立在花圃間，頗富童趣。那些長形的，就排成高高低低的圍籬、欄杆，讓花園更有層次感。

媽，我超愛這些自由自在、天馬行空的作品。每每在創作時，都覺得自己是一個浪漫的藝術家，創意源源不絕的奔流，成就感十足。

啊！偉大的創作者也要食人間煙火。外公、外婆還沒回來，姐姐已經在廚房做蔬菜煎餅了，我要去見習囉！

每天在農場上都有新發現的

茉莉　敬上

PS.瑪格麗特已經花開成海了，風一吹就成了白
　　浪，真美。

MENU ＊香煎蔬菜餅＊

◆材　料： A. 紅蘿蔔絲半碗、高麗菜絲2碗、韭菜
　　　　　　　半碗
　　　　　　B. 中筋麵粉3杯、太白粉半杯、雞蛋2
　　　　　　　個、黑白芝麻少許、清水3杯

◆調味料： 鹽巴適量、白胡椒粉、鮮雞粉少許

◆作　法： 1. 將B料和調味料拌成麵糊，置入A料
　　　　　　　拌勻，放置30分鐘，讓麵糊稍微鬆弛
　　　　　　　一下。

　　　　　　2. 黑白芝麻小火炒香備用。

　　　　　　3. 平底鍋熱油，倒入適量麵糊，以中火
　　　　　　　將餅煎至兩面金黃，灑上芝麻即可。

　　　　　　4. 可以沾番茄醬或醬油食用。

23. 鹽酥野薑花苞

親愛的媽媽：

那不知名的花苞長好大了，花筒也變得更長了，輕輕托著花蕾，微微往上翹，整個花苞看起來像是一個超長的甜筒冰淇淋。

我看她和火龍果的花那麼像，就上網輸入關鍵字「火龍果」，發現火龍果是仙人掌科。我查了仙人掌科，竟然有了新發現。種種跡象顯示，我們關注的寶貝，應該就是，月下美人──「曇花」。搜尋了曇花的圖片，葉子吻合，花苞吻合，各種描述都相同，而且那些花苞，已經大到胖鼓鼓的了，我

看開花就在今夜了。

媽，這個月下美人可是大有來頭喔！曇花是仙人掌科的植物，為了減少水分的蒸發，所以選擇夜間開花，不只如此，開花的時間短，還可以保有更多的水分。她的波浪狀葉片，並不是真正的葉子，真正的葉片已經退化了，我們看到的是葉狀莖，可以開花，可以繁殖。想到可以一睹美人的風采，我的心就雀躍了起來。

晚餐後，外公、外婆還有爸爸裝假若無其事，說是要在花園裡乘涼。天知道，夏秋之交，夜已轉涼，還乘什麼涼呢？我和姐姐只好配合演出，泡來了桂花茶，假裝無知，在草地上和黑皮跑來跑去裝可愛。

一直到了八點多，我感覺曇花的花苞好像微微地動了一下，那種纖纖波動，像是水上輕晃的漣

漪。接著，她緩緩舒展潔白的花瓣，一片一片慢慢的往外翻轉，像是一部慢動作的電影，幽雅上映。

她伸展花瓣如纖纖玉指，輕輕的勾引著我們的魂魄。看著她一點一滴的綻放，宛如月娘從雲裡透出，在剔透的薄紗裡漫舞。她徐徐的展現自己的風華，用高雅、嫵媚、纖塵不染的眸子，深情款款的凝望著黑暗。

媽，妳知道她有多美嗎？美得我都忘了呼吸、忘了眨眼，只有清香一陣，撲鼻而來。那香是通透的，有靈氣的，在夜的神祕裡奔放。

爸爸拿來噴霧器，在花朵上噴水。於是水珠沾染上她的眉、她的脣，晚風一吹，她微微一顫，彷彿梨花帶淚令人憐愛。

我們就這樣一動也不動的看著曇花一現，一句話也不敢說，怕是一開口，她就要謝了、就要走了，就要一走了之，一去不回。這種事，我們承受

不住，再不能發生第二次。

　　媽，不知怎麼著，妳的臉竟然和曇花重疊在一起。妳笑得那麼燦爛，眼睛水漾著光芒，喔！真的很想妳。我急切的在花蕊裡探訪妳的身影，可是，妳卻用消失來模糊我的眼。

　　我只得留下一句「我去給媽寫信」，然後飛奔到電腦前，與妳共享這一切。曇花的開放，讓我想起妳曾經做過的點心「鹽酥野薑花苞」，那時，我們院子裡種了一叢野薑花，彷彿，那個香味也飄進了我房間。

　　不久，我聽到外公、外婆回房睡了，爸爸和姐姐也進屋裡來了，燈一盞一盞的熄滅了。我不想

睡，這曇花只降臨人間三、四個小時，若不多看幾眼，就太暴殄天物了。從窗口望向曇花，她晶亮如夜空裡的星子，總覺得她也望著我，對我說話。

遠望了一會兒，沒想到她竟然開始變形了。不會吧！我揉揉自己的眼睛，天啊！這是真的嗎？……我忍不住尖叫了起來……

MENU ＊鹽酥野薑花苞＊

◆ **材　料：** 野薑花苞數朵、中筋麵粉少許、蛋一
　　　　　個、胡椒鹽

◆ **做　法：** 1. 野薑花苞洗淨瀝乾。

　　　　　2. 麵粉、蛋加水，和成麵糊。

　　　　　3. 野薑花苞沾裹麵糊油炸至金黃色，沾
　　　　　　　上胡椒鹽食用。

後記　親愛的爸媽

24. 芭蕉巧克力冰棒

親愛的爸媽：

　　一度以為可以不用再寫信了，因為團圓是一種幸福，真的很幸福；不過，能再給你們寫信，更是另一種幸福，圓滿的幸福。

　　矛盾嗎？是很矛盾，但不衝突。事情得從我尖叫的那一夜說起⋯⋯

　　媽，再喊妳一聲，媽，我簡直不敢相信自己的眼睛。

　　漆黑的夜裡，妳是從曇花裡走出來的嗎？純白

的連身洋裝，飄動的裙襬，往日帥氣的馬尾已經削成了俏麗的短髮。我一路喊著「媽⋯⋯媽⋯⋯媽⋯⋯」，用一種比草上飛更厲害的輕功，飛奔過去抱住妳，在妳的懷裡又哭又叫。夜裡綻放的曇花，竟成了妳歸來最好的見證。

接著跳上來的是姐姐，然後爸爸的雙手黏上來，最後連外婆、外公也圍過來了。妳是我們的花芯，我們這些花瓣把妳繞成一朵花蕾，緊緊的環著妳、繞著妳、綁著妳、捆著妳，這一次再也不讓妳從我們的掌心溜走、逃走、飛走。

媽，妳回來了，就在這個花開之夜，幸運之神乘著曇花而來，妳派花兒先來預告，只有我聽得懂花語，獨自等待夜之美人的歸來。

妳回來了，我們真的幸福極了，因為爸媽重回我們的身邊。全家人能夠住在一起，就是世界上最珍貴的財富。

　　之後的幾天，我和姐姐都高興得說不出話來，只想看著妳的臉、拉著妳的手、黏在妳的身邊。

　　爸爸一直望著妳微笑，妳走到那裡，他的眼神就盪到那裡。你們有些生疏，儘管偶有眼神的交會，也趕緊彈開。晚上，我和姐姐擠一張床，妳睡我房間。夜裡，爸爸徘徊在我房間門口。

　　外婆建議你們去旅行，算是二度蜜月吧！

　　北海道的風景可好？氣象報告說，札幌下起了今年的第一場冬雪。啊！在雪地裡泡湯，一定可以再次泡出愛情的火花喔！

　　這樣的旅行，讓我有機會再度給你們寫信，而且是「親愛的爸媽」喔！能夠同時給你們兩個人寫信，心中有著滿滿的愛，像是蒲公英長了毛的種子，乘著風在天際飛翔。

　　你們好不好啊！有沒有手牽手呢！

看來，我們的兒童餐廳是撥雲見日了，心裡的希望乘著泡泡，一個個的冒上來，「波波波」的爆開，成了一道道的金光。這一次，還添了外公、外婆兩位生力軍。等你們回來，一切的一切就可以緊鑼密鼓的開始了，就如四季的運行，重上軌道。我想把最大最平的那片漂流木，當成招牌，就雕刻上「兒童的幸福小館」好嗎？

　　農場建造木屋時，外公不許我說太多；花園重新規劃時，爸爸不許我透露太多；一道道菜試做試吃，記成筆記時，外婆不許我講太多。

　　媽，那時我真的很怕妳會永遠被蒙在鼓裡。沒想到，我們在這裡所做的一切準備、一切的前置作業，還是心有靈犀的傳給了妳。

　　姐說：「血濃於水的心電感應，無遠弗屆。」

　　翻了翻食譜，菜色還是有點少，要多多下工夫了。

　　這是我和姐姐用果園的芭蕉設計出來的甜點，
請爸媽多多指教。

　　　　　　　　　超級幸福的

　　　　　　　　　　茉莉　敬上

PS.今天用的巧克力是媽媽從瑞士帶回來的，這是

　　這段時間以來，我對瑞士唯一有的好感。

MENU ＊芭蕉巧克力冰棒＊

◆材　　料：芭蕉（或香蕉）、巧克力塊、彩色巧克
　　　　　　力米、冰棒棍

◆做　　法：1. 芭蕉去皮，插上冰棒棍，放入冷凍庫
　　　　　　　冰凍。

　　　　　　2. 巧克力塊壓碎，隔水加熱，使其融
　　　　　　　化。

　　　　　　3. 食用前，把芭蕉沾裹熱巧克力，灑上
　　　　　　　彩色巧克力米，待巧克力凝固即可。

25. 仙草蜜

親愛的爸媽：

　　度假愉快！

　　我們在小池塘邊的泥巴裡，種了幾棵海芋，期待來年的春霧中，能聽見他們用白色喇叭，吹出動人的樂章。

　　池裡也埋入兩盆白花睡蓮，蓮葉飄浮在水面上，孔雀魚悠遊，魚戲蓮葉間的趣

味，讓人流連忘返。

夜合花也來了。我們在大門的兩側各種一棵，當成守護門神，而且還是香甜溫柔的夜門神。

還有外公一直不滿意的鐵絲網圍籬也拆掉了，一邊種了一整排的白花扶桑，另一邊則換上了月橘，就是七里香啦！

「白花扶桑輕點著淡紅色的花蕊，月橘的果子會由綠轉橙變紅，在滿園的皎白中，妝扮點兒彩色，頗有畫龍點睛之效。」外公帶著驕傲的口吻說。

拉拉雜雜說了這麼多，心裡只是興奮，想和你們說說話，分享美好的一切。

對了，我們來玩個小遊戲：花語連連看。

玉　蘭　·	·夜
含　笑　·	·無聊
桂　花　·	·可愛、幸福、親切
月　橘　·	·純潔
海　芋　·	·和平、友好、吉祥
百　合　·	·體貼、纖細
茉　莉　·	·矜持、含蓄
睡　蓮　·	·宏偉的美
曇　花　·	·戀愛、暗戀
野薑花·	·信任
夜合花·	·熱情、短暫
瑪格麗特·	·清純的心

　　以上，是園子裡種的花，有空時，別忘了測試一下自己花語知多少。

親愛的爸媽，用力的聞一聞吧！聞一聞玉蘭的清甜、含笑的雅致、桂花的古典、月橘的濃郁、百合的幽靜、茉莉的微醺、曇花的嬌柔、夜合的謐靜、野薑花的開朗。

喔！四季更迭，日夜輪替，花香綿綿。

再過三天你們就要回來了，我抽空去整理你們的房間，鋪換上乾淨的白色床單。那二藍二紅的情書本，錯落的堆疊在床頭櫃上，抿著嘴對我微笑，我也揮手和他們打招呼。情書本應該靜靜的等待，等待書寫他們的主人來決定他們的位置。

拉開衣櫥，男褲女裙全都就了定位，還不時的相互擠眉弄眼，眉目傳情的互訴相思。我把一直帶在身邊的絲巾掛回去，讓她重回同儕的懷抱。

啊！一切都太美好了，就等你們回來接續幸福。

我們是不是應該先舉杯慶祝一下？不用可樂、
不用汽水，就用自家提煉的仙草蜜吧！

　　　　　　　舉杯狂歡的

　　　　　　　　茉莉　敬上

MENU ＊仙草蜜＊

◆ **材　料：** 仙草乾一把、冬瓜糖一塊、太白粉、水
　　　　　　5公升

◆ **做　法：** 1. 冬瓜糖加水煮成冬瓜茶，放涼備用。

　　　　　　2. 仙草乾洗淨，加水熬煮一小時，把仙
　　　　　　　　草的膠質煮出來。

　　　　　　3. 撈去仙草枝葉，過濾殘渣，加入太白
　　　　　　　　粉水拌勻，放涼，使其慢慢凝固，成
　　　　　　　　為仙草凍。

　　　　　　4. 仙草凍切成小塊，拌在冬瓜茶裡，即
　　　　　　　　成仙草蜜。

給親愛小、大讀者的一封信

親愛的小讀者、大讀者，大家好！

我是幸福小館的跑堂——茉莉。今天很高興可以在這兒跟大家聊聊天兒。

首先，非常感謝各位爸爸、媽媽帶著小朋友到幸福小館來用餐，這是對幸福小館最大的肯定，您們的光臨著實是我們喜悅而確實的幸福感。

我們能擁有幸福小館，是經過一場大革命的，過程雖然又辛苦又難受，但結果卻是既溫暖且甜美。這些驚天動地的往事，完全詳實的記錄在《歡迎光臨幸福小館》這本書裡，相信大家都能了解一二。

幸福小館本著平實的步調，踏實的生活，認真的研究食材，努力的開發新餐點，讓烹調之路走得更平穩更長遠。這些新食譜、新菜單都收錄在姐妹作 ——《幸福小館鮮事多》一書中，當然，書中也記錄了一些發生在幸福小館裡溫馨的小故事。

期間，幸福小館休息了一些時日。所謂，休息是為了走更長的路。我們用一些時間旅行，到處嘗鮮，做為再出發的動力，也順勢重新裝修了幸福小館，希望接下來的日子，能帶給大家耳目一新的氣象。

我們在幸福小館裡留了一個牆面，刷上黑板漆，可以讓大家盡情的塗鴉呢！或是描繪出幸福小館中最喜歡的點心、或是彩繪出一家人用餐的好心情、或是刻畫出幸福小館的美麗好風景……，還有還有，還可以留言喔！把自己喜歡的事、不喜歡的事、煩惱的事、生氣的事、對幸福小館的建議……，通通寫下來，如果茉莉幫得上忙，一定鼎力相助喔！

這回，在幸福小館再次啟航之際，我們也著手規畫了一系列的課程。我們要從臺灣這一片土地出發，開發屬於我們自己的食材，品嘗這片土地提供的好滋味，讓飲食教育能從小扎根。非常歡迎小朋友、大朋友共同參與這些走讀課程，也練習動手做，自己做的食物，一定健康又美味啊！

最後，就是好康大放送了。

重新開幕的這一天，只要到幸福小館用餐，茉莉就免費招待大家一份「煉乳布丁」。是一人一份喔！請大家告訴大家，一起來共襄盛舉。

沒辦法到幸福小館用餐的小朋友也別難過，茉莉在這兒提供「煉乳布丁」的食譜，大家可以在家裡做做看，很簡單喔！

祝福大家

　　享用愉快

　　　　歡迎光臨幸福小館　茉莉敬上

MENU *煉乳布丁*

材料：

雞蛋3個、鮮奶300g、煉乳150g、香草莢半根（可以省略）

★小叮嚀：1個雞蛋大約50g。雞蛋：鮮奶：煉乳（重量比）＝1：2：1

做法：

1. 雞蛋打散拌勻，成為蛋液備用。

2. 煉乳加入鮮奶，攪拌並微微加熱，至煉乳與鮮奶均勻混合。

★小叮嚀：保持低溫，微微加熱，煉乳和鮮奶混勻後，即可熄火。

★小叮嚀：香草莢縱切，挖出香草籽，莢和籽放入鮮奶煉乳裡一起煮。可以多煮一會兒，香氣才會濃郁。最後把香草莢取出。

3. 將蛋液加入鮮奶煉乳裡，攪拌均勻，成為布丁液。

★小叮嚀：如果鮮奶煉乳不小心煮到溫度過高，一定要放涼以後，再倒入蛋液。溫度太高（超過60℃），會變成一鍋甜的蛋花湯喔！

4. 布丁液用濾網過濾2-3次。

★小叮嚀：至少過濾兩次，去除雞蛋裡的過大物質，這樣烤出來的布丁才會細緻軟嫩。

5. 烤箱預熱180℃。

6. 布丁液分裝到容器中，放在烤盤上。烤盤裡加入熱水，用隔水蒸烤的方式，180℃烘烤30分鐘。

★小叮嚀：牙籤插入，不沾布丁液，就是烤好了喔！

《歡迎光臨幸福小館》延伸閱讀

鄒敦怜

故事簡介

　　品嘗每一道食物，你是否真的認真的品味其中的味道了呢？這本書，把食物的味道和家人之間的歡喜哀愁一起料理，是一個關於家庭的故事，也是一個關於料理的故事。

　　故事的寫法非常特別，看似一封封的信，書信中又夾雜著日記般的紀錄、書中角色的對話、事件場景的描述……閱讀者必須時時跳躍轉換，但又不覺得突兀。透過寫信者──家裡最小的女兒茉莉，連綴起整個家庭發生的事件。

　　故事的開始，是個隨性的提議，一家人在某一天，到館子吃媽媽最喜歡的義大利焗烤為姐妹慶生，姐姐百合拋出了問題：「為什麼沒有一家兒童餐廳可以給小孩子慶生呢？」妹妹茉莉隨口說：「我們自己來開一家餐廳！」這樣一個突發奇想，把家人的關係帶到另一個需要考驗的懸崖。

　　籌備餐廳有千頭萬緒的事前準備，家人的衝突開始多了起來，因為誤會也不願意多做解釋，彼此的縫隙就更大了。當爸爸轉身離家出走，這一家人真正的考驗才剛開始。媽媽得獨自撐起照顧

兩個女兒的工作，在工作上又也必須全然掌控。對照爸爸媽媽平時和氣，一吵起來就不可收拾，外公外婆平時吵吵嚷嚷，兩人喜好不同，卻能共度四十年。茉莉和姐姐都有自己的煩惱，同樣是「男女生的喜歡」，因為年齡不同就會有不同的面對方式。作者很用心的「烹調」這麼一道菜：包含親情、友情、萌萌的愛情，包含關心、體諒、嫉妒、真誠……，作品中除了烹飪、還有園藝種植、藝術創作、空間設計……等這些休閒的美感經驗。

作品的標題是一道道的點心或菜餚，25個簡單料理，25種心情轉折，每一段的後頭也真的有一個簡單的食譜，照著做應該也能做出那樣的味道。讀者一邊分享作者想傳達的「味道」，也一邊喚起自己對種種味道，那些發自內心深處的記憶。

基本提問

1. （**Who**）這個故事裡頭，有哪些重要的人物？有幾個次要人物？

2. （**When**）這個故事中，從第一封信到最後一封信，時間大約過了多久？

3. （**Where**）故事描述的地點包含哪些地方？這些地方有什麼特別的意義？

4. （**What**）整篇故事透過怎樣的方式，敘述家中發生的事情？

5. （**Why**）為什麼每一小段的後頭都有一份食譜，食譜的安排與故事有怎樣的關連？

6.（**How**）這一家人，用什麼方式，表達對彼此的愛？最後他們得到怎樣的結果？

閱讀動動腦

1. 寫信的是書中的哪個角色？
　①爸爸　②媽媽　③妹妹　④姐姐

2. 他們共同的心願是開一家怎樣的餐廳？
　①寵物餐廳　②兒童餐廳　③素食餐廳　④親子餐廳

3. 爸爸離家的那一天，是茉莉的什麼日子？
　①生日　②校外教學日子　③開學典禮　④畢業典禮

4. 姐姐百合為什麼被媽媽打了一巴掌？
　①跟茉莉吵架　②說了媽媽不愛聽的話　③替爸爸求情
　④自己做錯事情

5. 家裡要請人試吃「隨意pizza」，找了媽媽的同事李叔叔，為什麼餐會延後時間？
　①李媽媽生氣了　②隨意pizza 做壞了　③姐姐不希望李叔叔來
　④家中排水管壞了

6. 茉莉和好朋友李萱，吵架之後用什麼和解？
　①和解冰　②小蛋糕　③打電話　④道歉信

7. 外公外婆結婚四十週年紀念日，外公料理的「吻仔魚烤飯」，沒有用到哪一樣材料？
　①吻仔魚　②雞蛋　③肉鬆　④白飯

8. 從故事中推測，哪個成語適合形容姐姐百合平時房間的模樣？

①凌亂不堪　②家徒四壁　③窗明几淨　④別有洞天

9. 爸爸離家出走的時間，媽媽用怎樣的方式想念爸爸？
①送禮物　②打電話　③看兩人之前的情書　④寫日記

10. 媽媽發燒時，躲在哪裡睡覺？
①床底下　②衣櫥裡　③床上　④沙發上

11. 媽媽生日的時候，爸爸託人送來什麼花？
①茉莉花　②百合花　③玫瑰花　④瑪格麗特

12. 爸爸離家時，媽媽的工作狀況怎麼樣？
①努力工作，當了經理　　②繼續進行兒童餐廳事宜
③提不起勁，無心工作　　④轉換工作，改變心情

13. 爸爸送媽媽的情人節禮物是什麼？
①蛋糕和巧克力　　②戒指和項鍊　　③果醬和桑椹醋
④卡片和小飾品

14. 茉莉給爸爸的最後一封信，描述哪件事情？
①媽媽生病　②媽媽到瑞士工作　③姐姐交男朋友
④姐姐生氣了

15. 媽媽到瑞士工作時，一家人住在哪裡？
①原來的家　②外公外婆家　③也搬到瑞士　④搬到其他地方

16. 茉莉家吃的「虎咬豬」，運用哪些跟傳統不同的材料？
①刈包　②花生粉　③五花肉　④紫蘇葉

17. 桂花樹開花，他們也把桂花用在食物上，不包括下列哪一項？
①桂花釀　②桂花酸梅湯　③桂花餅乾　④桂花茶

18. 王老師來家裡作客的時候，爸爸畫的海灘球，是家人曾到哪兒
旅遊的記憶？
①新竹　②臺北　③臺南　④臺中

19. 茉莉聽錯的「蒸愛佈魚」，到底是什麼？
①一幅畫　②一句成語　③一道料理　④一首歌

20. 媽媽從瑞士回來那一刻，正好是什麼花開的時候？
①曇花　②夜來香　③含笑花　④玉蘭花

延伸思考性問答

1. 茉莉一家人，為什麼會想開兒童餐廳？對於餐廳的定位，一家
人有怎樣不同的意見？

2. 故事中，李叔叔對媽媽的喜歡，王老師對爸爸的喜歡，你覺得
是「愛」嗎？說說你的想法？

3. 茉莉的姐姐百合，是一個怎樣的姐姐？從故事中哪些描述可以
看出來？

4. 爸爸離家，到外公的農場；媽媽離家，到瑞士工作，他們離家
是帶著怎樣的心情？有哪些相似的地方？

5. 爸爸媽媽為了什麼事情爭吵？當媽媽生日、情人節，爸爸都送
了禮物來，為什麼他們不直接和好？

6. 故事中有許多「花」或是其他植物的種植，想一想，這些植物
在故事中有什麼特別的涵義？

7. 爸爸媽媽分開的時候，分別用怎樣的方式度過對彼此的思念？
從這點可以看出爸爸媽媽兩人的個性有怎樣的不同？

8. 故事中有許多食譜，每一道食譜都跟故事的某個情節有關，你最喜歡哪一份食譜，為什麼？

9. 照理說，家人應該彼此毫無祕密，但是媽媽和姐姐沒有告訴茉莉「爸爸住在外公家」、「媽媽隔天要到瑞士工作」，一家人在籌備餐廳的時候，也對還在瑞士的媽媽保密，為什麼他們不彼此開誠布公呢？這時的「保密」，希望達到怎樣效果？

10. 最後他們的餐廳開成了，餐廳叫什麼名字？餐廳是什麼模樣？根據故事說出你想像的模樣。

閱讀延伸活動

活動一：食譜說故事

活動方式：

1. 先將書中食譜編號，做1～25號的籤，根據書中提到的食譜。

2. 抽籤，抽到哪一個號碼，先翻到那一個編號的食譜，讀一讀食譜的內容。

3. 用接說故事的方式，說一說與這一份食譜有關的故事內容。

活動二：花之語

活動方式：

1. 教師引導學生，閱讀書中與花朵有關的內容。

2. 教師提問：

（1）故事中提到的花，你最喜歡哪一樣？為什麼？

（2）這些花分別代表怎樣的花語？

（3）用花來表達心意，有什麼好處？為什麼不直接說？

（4）你還知道哪些花所代表的花語？

3. 在網路上或書籍上找到花朵的模樣，用照相或畫圖的方式，製作花語小卡片。

活動三：說話藝術

活動方式：

1. 找出書中與「爭吵」有關的對話，讀一讀對話的內容。

2. 教師提問：

（1）這些話，為什麼會引起爭吵？究竟對方在乎的是哪一點？

（2）說話的人，真的想「傷害」聽話的人嗎？說話者真正想表達的情緒或意思是什麼？

（3）遇到同樣的狀況，要怎麼「說」才能讓對方聽進心裡？

3. 替故事中的角色們，重新設計新的對話內容，並且跟伙伴演演看，比較這樣的話語，是不是更能和婉的表達自己的意思。

活動四：和解妙招

活動方式：

1. 找出故事中，關於「和解」的段落內容，例如：爸爸和媽媽、茉莉和姐姐、茉莉和李萱、爺爺和奶奶……，當他們起衝突、爭吵時，用什麼方式「和解」，讀一讀相關的內容。

2. 教師提問：

（1）每次爭吵，和解的方式都不同，為什麼需要不同的方法？

（2）你覺得哪一種方法最好，為什麼？

（3）平時，你會跟誰起爭執？通常用怎樣的方式「和解」？

活動五：餐廳文案設計

活動方式：

1. 歷經了風風雨雨，這一家人要開的餐廳，最後終於開花結果。把自己想像成故事中的角色之一，為這好不容易實現的夢想餐廳，設計廣告文案。

2. 文案設計重點：

（1）必須包含「餐廳名稱」。

（2）必須點出故事中提到的餐廳庭園特色、餐點特色。

（3）文字要優美、簡潔有力，設法吸引人。

3. 可以分組合作完成，最後試著閱讀文案，想想假如透過廣播，這樣的文字內容能不能吸引人到店裡消費。

活動六：信的回聲

活動方式：

1. 整個故事用茉莉寫給爸爸、媽媽的信串連，茉莉不斷的寫信，讓讀者知道這一家到底發生了什麼事情。但茉莉卻從來沒有收到「回信」，試著以爸爸或媽媽的角度，回信給茉莉。

2. 回信重點：

（1）任挑一篇，先讀一讀故事中「信件」的內容。

（2）把自己當成茉莉的爸爸（或媽媽），針對這封信寫回信。

3. 都完成信件之後，交換看看回信的內容，找出回信中不同的重點，討論為什麼針對同一封信寫回信，卻可能有不同的回信。

九歌少兒書房 258

歡迎光臨幸福小館

著者	蔡聖華
繪者	李月玲
責任編輯	鍾欣純
創辦人	蔡文甫
發行人	蔡澤玉
出版發行	九歌出版社有限公司
	臺北市八德路3段12巷57弄40號
	電話╱25776564・傳真╱25789205
	郵政劃撥╱0112295-1
九歌文學網	www.chiuko.com.tw
印刷	晨捷印製股份有限公司
法律顧問	龍躍天律師・蕭雄淋律師・董安丹律師
初版	2007年9月10日
增訂新版	2017年4月
定價	**260元**

書號	0170253
ISBN	978-986-450-122-9

（缺頁、破損或裝訂錯誤，請寄回本公司更換）

版權所有・翻印必究　Printed in Taiwan

國家圖書館出版品預行編目(CIP)資料

歡迎光臨幸福小館 / 蔡聖華著；李月玲圖.
-- 增訂新版. -- 臺北市：九歌, 2017.04
面；　公分. -- (九歌少兒書房；258)
ISBN 978-986-450-122-9(平裝)

859.6　　　　　　　　　　　106003183

九 歌 少 兒 書 房